FUSION FANTASY STORY & ADVENTURE

사도연 퓨전판타지 장편소설

신세기전

dream
books
드림북스

신세기전 12 악몽의 끝

초판 1쇄 인쇄 2017년 7월 7일
초판 1쇄 발행 2017년 7월 17일

지은이 사도연
발행인 오영배
기획 박성인
책임편집 김다슬
표지 · 내지 디자인 공간42
제작 조하늬

펴낸곳 (주)삼양출판사 · 드림북스
주소 서울시 강북구 도봉로 173
대표 전화 02-980-2112 팩스 02-983-0660
편집부 전화 02-980-2116 팩스 02-983-8201
블로그 blog.naver.com/dreambookss
출판등록 1999년 3월 11일 제9-00046호

© 사도연, 2017

ISBN 979-11-283-9112-5 (04810) / 979-11-313-0648-2 (세트)

드림북스는 (주)삼양출판사의 판타지 · 무협 문학 브랜드입니다.

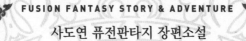

FUSION FANTASY STORY & ADVENTURE

사도연 퓨전판타지 장편소설

신세기전

악몽의 끝

12

dream
books
드림북스

신세기전

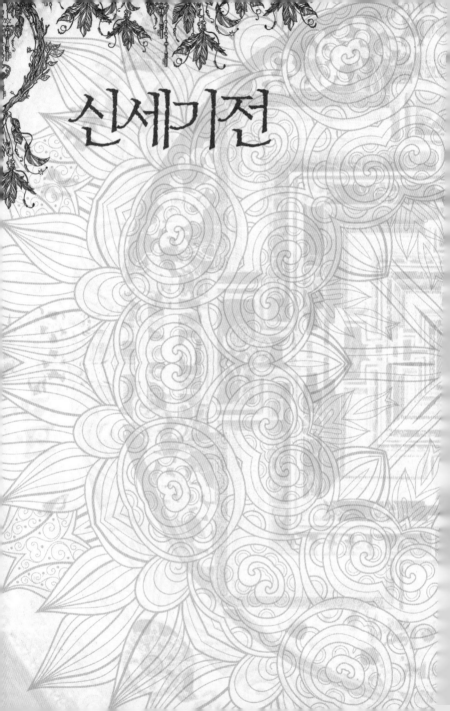

목차

55장

혼돈 환두

짙은 어둠이 깔린 세계.

이곳에는 어떤 법칙도 통하지 않는다.

물리적 법칙도, 관념적 법칙도.

모든 것이 허망하게 집어삼켜져 사라지고 만다.

설사 신이나 부처라 할지라도 정신이 잡아먹혀 눈을 뜰
수 없는 곳.

신진철.

여의봉의 안쪽에서, 희미한 빛줄기 하나가 새어 나왔다.

광명편조.

부처들만이, 그중에서도 선택된 자들만이 뿌릴 수 있다

는 빛줄기 아래.

수보리가 가부좌를 틀고 있었다.

"소작복덕, 불응탐착, 시고, 설불수복덕……."

그는 쉴 새 없이 독송을 외워 댔다.

처음 봉신되고 나서부터 지금까지, 계속.

이것이 한시라도 멈춘다면 어둠이 금세 광명편조를 집어
삼킬 것을 알기 때문에 잠시도 멈출 수가 없었다.

덕분에 다른 부처들은 봉신이 되고 나서도 비교적 정신
을 차릴 수가 있었다.

　　—이대로는 끝이 없겠어.

　　—수보리, 이만하면 되었다. 그대가 무엇을 노
　리는지 모르는 바는 아니나, 그것이 그대의 영혼
　만을 갉아먹는다는 것을 잘 알지 않은가?

　　—영원히 계속 그럴 생각인가?

그래서 그들은 수보리에게 미안했다.

이곳과 바깥은 철저하게 격리되어 있다.

시간이 얼마나 흘렀는지, 바깥세상이 어떻게 돌아가고
있는지 알 수 있는 방법 따윈 없다.

무한한 감옥.

신들마저도 미치게 만드는 장소인 것이다.

당연히 언제 기회를 잡을 수 있다는 기약 따윈 없다.

당장 내일이 될 수도 있고, 어쩌면 밖으로 나오기까지 반만년이라는 장구한 세월을 버텨야 했던 72마신처럼 기다리고 또 기다려야 할 수도 있다.

문제는, 그 기회가 닥쳐와도 그들이 알 수 있는 방법은 거의 전무하다는 점.

그런 막연한 기대만을 안고 계속 버티기엔, 그 시간 동안 수보리에게 버텨 달라고 부탁하기엔, 너무나 가혹하기만 하다.

무엇보다도 감옥을 거스르는 것은, 수보리를 점차 소멸로 몰아가고 있었으니.

보라.

지금도 그를 둘러싼 빛이 자꾸만 사그라지지 않는가.

　―여래께서 계시질 않은가? 그분이, 그 사람이
　오기만을 기다리세.

하지만 수보리는 아무 대꾸도 없이 독송을 멈추지 않았다.

대체 그는 뭘 바라고 있는 것일까?

부처들이 모두 의문을 던지는 가운데,

　―……뜻이 그러하다면 저도 참여하겠습니다.

그때 보살 마명이 불쑥 나섰다.

다른 부처들에 비해 계급은 낮으나, 신실하기로는 으뜸

이라 알려진 사람.

"약보살 이만항하사등……."

　—약보살 이만항하사등 세계칠보 지용보
시…….

쏴아아!

그 순간, 마명을 따라 희미한 빛이 감돌더니 수보리의 광
명편조에 뒤섞였다.

큰 차이는 없지만 더욱 밝아진 빛.

거기서 부처들은 일말의 희망을 찾았다.

　—그렇군!

　—신진철의 법칙을, 광명편조로 물들여 아예
바꿔 버린다는 것인가?

　—호오. 과연 수보리로고.

　—때를 기다리는 게 아니라, 때를 만든다라…….

　—하면 나도 가만히 있을 수는 없지.

저마다 탄성을 터뜨리는 가운데, 누군가가 경고를 던졌
다.

　—하지만 다들 한 가지는 명심해 두게. 이것이
유효하다는 증거는 없다는 것을. 어쩌면 가만히
있는 것으로 온전하게 보전할 수 있을 우리들이,
도리어 장작처럼 소모만 하다 명멸할 수도 있다

는 것을.

헛되이 소멸할 수 있다는 뜻..

　—설사 신진철을 모두 광명편조로 채운다 하더
라도 우리 중 몇몇이 안 남을 수도 있다네.

잠시 침묵이 흘렀다.

하지만,

　—어차피 모든 것이 망가진 세상.

　—헛된 허깨비에 지나지 않는 곳이 아닌가? 모
든 걸 바로 돌려놓는다면.

　—우리들도 다시 돌아올 수 있을 터.

　—몇이 희생이 되더라도 기회를 만들 수만 있
다면야.

　—내가 지옥에 가지 않는다면 누가 가랴.

결국 경고를 던졌던 목소리가 한참의 침묵 끝에 다시 입
을 열었다.

　—모두의 뜻이 그러하다면.

목소리에 잔뜩 힘이 실렸다.

　—모두 수보리를 따르세.

이윽고 독송이 시작되었다.

"백불언 세존 운하보살 불수복덕……."

　—보살 소작복덕 불응탐착…….

독송이 계속되면 계속될수록.

쏴아아아아아아.

광명편조는 더더욱 환한 빛을 발하면서 어둠을 조금씩
갉아먹어 나갔다.

조금씩.

아주 조금씩.

                    *   *   *

일련의 소동이 끝난 이튿날.

우울하던 등환처가 다시 시끄러워졌다.

염라왕이 일어난 것이다.

"대, 대왕님!"

"어찌 편찮으신 몸으로 이렇게……!"

사람들은 걱정 가득한 얼굴이 되었다.

특히 그녀가 통천교주에게 거의 죽임 직전까지 내몰렸던
것을 봤던 대산홍 등으로서는 노파심이 들 수밖에 없었다.

혹시 그녀가 무리를 하고 있는 게 아닐까 하는.

하지만 염라왕은 싱긋 웃었다.

"걱정 마라. 움직일 정도는 되니까."

"하지만……!"

"보면 모르겠는가?"

대산홍 등은 그제야 염라왕의 안색이 한결 편해졌다는 사실을 깨달았다.

무엇보다도 그녀를 이루고 있는 영기(靈氣).

언제 흩어질지 모를 것처럼 위태롭던 기운이 뭉쳐 있었다.

물론 완치되었다고 할 수는 없지만 안정된 모습.

"어, 어떻게……?"

"나는 그대들의 군주니라. 이 정도쯤은 극복해야 옳을 일이 아니겠나."

"아아. 대왕이시여!"

"대왕이시여!"

대산홍과 신하들은 모두 감격에 찬 얼굴로 무릎을 꿇었다. 몇몇은 흐느끼기까지 했다.

"모두들 고생 많았느니라."

염라왕은 그들을 일일이 어루만져 주면서 눈물을 닦아 주었다.

고생했던 나날들이 떠올라 감정이 복받친 것이리라.

그걸 옆에서 지켜보던 지호는 영 탐탁지 않은 얼굴이었지만.

"……그게 누구 때문이더라?"

대산홍은 지호가 작게 중얼거리는 말을 듣고 살짝 인상을 찡그렸다. 그러고 보니 녀석이 밤새 염라왕의 거처에서 나오질 않지 않았던가?

한 소리를 할까 하다 문득 안색이 핼쑥해진 것 같다는 생각이 들었다.

그렇게 펄펄하던 녀석이 두 눈 아래가 퀭했다.

어쩐지 염라왕과 반대가 된 것 같은 모습.

대산홍은 어쩐 일인가 싶어 슬쩍 염라왕을 모시는 시비들에게 직접 물었지만,

"어머! 그걸 어떻게 저희들 입으로 말하라는 거예요? 유별스럽게."

"그래도 참 대단했어."

"맞아. 맞아."

"꼭 굶주린 짐승 같았지?"

"그치?"

"……?"

들을수록 이해할 수 없는 말들만 돌아왔다.

'그래도 대왕을 도운 건 사실이니.'

이번은 그냥 넘어가야겠다는 생각에 대산홍은 조심스레 염라왕의 뒤를 호종했다.

"으으. 삭신이야."

지호는 뻐근한 몸을 어루만지면서 고개를 절레절레 흔들었다.

정말 정기를 송두리째 뺏기는 줄 알았지.

······그래도 좋긴 좋았지?

밤새 있었던 일만 떠올리면 자기도 모르게 헤벌쭉 입꼬리가 귀에 걸리려 했다.

하지만 지호는 연인의 수하들 앞에서 채신머리를 세워야 한다는 생각에 최대한 자제했다.

'그래도 다행이야.'

이제 편하게 걷기까지 하는 모습을 보니 마음이 한결 편해졌다.

등환처의 사람들을 달래는 염라왕의 모습은 너무 아름다웠다.

다시는 놓치고 싶지 않은 모습.

어쩔 수 없이 헤어져야만 했던 옛날 모습들이 언뜻 떠올랐다.

하지만 이제는 그때처럼 허망하게 보내지 않으리라.

간질거리는 손가락을 꾹 누르던 와중이었다.

'뭐지?'

지호는 문득 이상한 기분이 들어 고개를 뒤로 돌렸다.

하지만 그곳엔 일어난 염라왕을 보기 위해 모여든 사람들만이 있을 뿐.

염라왕 역시 아무것도 느끼지 못했는지, 여전히 사람들을 일일이 만나며 이야기를 나누기에 바쁘다. 이미 그녀의 주변은 많은 사람들로 꽉 차 있었다.

'착각인가?'

하지만 지호는 쉽사리 발길이 떼어지지 않았다.

뭔가가 심장을 간질이는 기분.

음침하고, 어둡고, 불쾌한 뭔가가 자꾸만 그를 콕콕 쑤셔댔다.

문제는 이 느낌이 어딘지 모르게 익숙하다는 거였다.

아니, 익숙한 걸 넘어서 아예 '친숙'하게 느껴질 정도였다.

어디서 이걸 느껴 봤더라?

눈을 가느다랗게 좁히며 생각을 더듬던 그때,

"주군, 위험합니다!"

갑자기 염라왕의 옆을 따르던 대산홍이 버럭 소리를 지르면서 그녀에게로 몸을 날렸다. 지호도 퍼뜩 정신을 차려 염라왕 쪽으로 돌아봤다.

"죽어라!"

"타앗!"

자객 다섯 명이 염라왕에게로 몸을 날리고 있었다.

손에는 저마다 검은 기운이 칭칭 감긴 이상한 검을 꼬나 쥐고서.

'마기!'

지호는 그것이 천계에서 깨달았던 힘이란 사실을 알아챘다.

보통 마기와는 근본이 다른 려의 힘.

허무를 이루는 근간!

퍼어어어어엉!

첫 번째 충돌은 대산홍에게서부터 먼저 시작되었다.

언월도를 거칠게 내려찍는 것과 동시에 자객이 거칠게 검을 휘둘렀다.

"위험해!"

지호가 몸을 날리며 소리를 치기도 전에 칼날에서 마기가 폭사했다. 단번에 언월도를 박살 내는 것으로도 모자라, 마기는 단숨에 대산홍을 쓸어버렸다.

피해는 곳곳에서 터졌다.

염라왕을 지키려던 시비들이며 무사들이 무기를 제대로 쥐어 보기도 전에 마기에 부딪쳤다. 그리고 몸이 통째로 무너졌다.

마기가 염라왕의 면전까지 치달으려는 그때까지, 그녀는

일말의 흐트러짐도 없었다.

팟!

그때 지호가 어느새 공간을 열고 염라왕 앞으로 나타났다.

'마기는 총 다섯. 전부 막지는 못해. 그럼!'

지호는 화안금정을 열어 빠르게 상황을 판단하고, 손을 뻗어 인력(引力)을 가동했다.

마기를 밀어내는 것이 아니라 자신에게로 빨아들이는 쪽을 택한 것이다.

자칫 잘못 밀어냈다가 다른 사람들까지 다칠까 염려되어 내린 결정이었다.

"그 마기는 위험하……!"

염라왕은 지호의 노림수를 알고 그를 말리려 했다.

효마기(效魔氣).

마신들의 시초라는 효마의 기운은 영혼을 녹인다고 알려졌으니 놀랄 수밖에!

더군다나 이 기운은 현재 그녀가 지긋지긋하게 겪었던 사흉의 힘이기도 했으니!

쏴아아아!

공간이 비틀리면서 파도처럼 일어나던 효마기가 그대로 지호에게로 쏠렸다. 단숨에 지호의 손아귀로 효마기가 똘 똘 뭉쳤다.

효마기는 어떻게든 압박을 튕겨 내려 지호를 잡아먹기 위해 거칠게 일렁였지만,

"성아!"

—응응! 잘 먹겠습니다, 와앙!

갑자기 감쪽같이 사라졌다.

마치 보이지 않는 뭔가가 사과를 한쪽 베어 물듯이, 단 두 번 만에 효마기를 집어삼켰다.

지긋지긋하게 효마기를 겪어 봤던 염라왕과 등환처 병사들로서는 경악할 수밖에 없는 일.

하지만 그들의 시선을 뒤로하고.

지호는 처음 이상한 기분이 느껴졌던 곳으로 고개를 홱 돌렸다.

"호오. 오래전의 기억이라 잘 생각나지 않을 텐데, 그새 '왕의 힘'을 깨우치고 있었던가?"

하늘 위.

적갈색의 머리를 한 사내가 지호를 보며 웃고 있었다.

사흉 혼돈이었다.

*   *   *

군중으로 경악이 퍼진다.

특히 염라왕은 안색이 잔뜩 일그러졌다.

"혼돈, 네가 어떻게 여길!"

"내가 가고 싶은 곳에 간다는 데 누가 방해할 사람이라도 있나?"

저승의 왕인 자신을 앞에 두고 저런 말이라니.

타오를 듯한 적갈색의 머리. 사특함으로 가득한 눈. 여인처럼 붉은 입술. 가지런한 치아.

하지만 염라왕은 잘 안다.

잘 빚은 듯한 인형 같은 모습 속에 담긴 흉측한 본체를.

영혼을 물어뜯고, 부수는 것을 좋아하고, 가지고 싶은 것은 어떻게든 빼앗아야 직성이 풀리는 자.

백 년 넘게 이어진 전쟁에서 그토록 자신을 괴롭히던 놈이다.

사흉 중에서도 가장 난리를 피워 댔었지.

그런데 이번에 또 자신을 농락하려 든다.

염라왕은 울분이 터진 나머지 주먹을 꽉 쥐었다.

능력만 온전했다면 직접 부딪쳤을 텐데. 역시 많이 약해진 자신의 처지가 확연하게 느껴졌다.

'그런데…… 대체 무슨 수를 쓴 거지?'

염라왕은 화가 잔뜩 났다.

여전히 자신을 공격할 기회만을 노리는 자객들.

분명 자신을 배신할 이유가 없는 아이들일 텐데……!

녀석이 무슨 술수를 부리고 있는 게 틀림없었다.

문제는, 이런 경우를 여태껏 본 적이 없다는 점이었다.

"대산홍, 대산홍! 정신 차리게!"

"쿨…… 럭!"

"대체 왜 배신을 하는 것이냐! 왜! 왜!"

"경거망동하지 마. 또 휩쓸릴 수 있어."

호위무사들은 염라왕의 주변을 지키며 자객들에게 칼을 뻗었다.

하지만 자객들은 입을 꾹 다물기만 할 뿐. 아무런 대답도 없었다.

이미 기습에서 다친 대산홍 등은 효마기가 영혼을 침범하는 고통에 피를 토하거나 발작을 하는 등, 치명상을 입은 상태였다. 시체조차 남기지 못하고 죽은 자들도 허다했다.

"고작 이런 정도로 흔들려서야 원. 염라도 갈 데까지 다 갔군."

혼돈은 차가운 비웃음과 함께 손가락을 가볍게 튕겼다.

탁!

그 순간, 병사들 사이에서 다시 효마기가 확 풍겨져 나오 더니,

쉬쉬쉬쉭!

몇몇 병사의 눈빛이 돌변하면서, 갑자기 다짜고짜 옆에 있던 이들에게로 검을 휘둘렀다. 효마기가 해일처럼 일어나 단숨에 주변을 덮쳤다.

이번에도 갑작스레 벌어진 반란.

'역시 뭔가 있어!'

염라왕이 손을 뻗어 나서려는데,

"잠깐만."

효마기는 얼마 퍼지지 못하고 위로 한데 뭉쳤다가 지호 쪽으로 쏠렸다.

지호는 허공으로 높이 손을 뻗어 한데 뭉친 효마기를 주먹으로 꽉 쥐었다. 역시나 보이지 않는 무언가에 의해 이빨 자국이 남더니 감쪽같이 사라졌다.

그리고 지호는 몸을 비틀면서 왼 주먹을 내뻗었다.

공간이 떠밀리는 듯한 착각과 함께 곳곳에서 뭔가가 끊어지는 소리가 울렸다.

티티티티팅!

동시에 배신을 택했던 사람들이 모두 실 끊어진 인형처럼 축 늘어졌다.

대치하고 있던 사람들은 얼결에 쓰러지는 그들을 부축했다.

"놈에게 조종을 당하고 있던 거야. 또 무슨 수작 부릴지 모르니까 한데 뭉쳐 있어."

병사들은 눈을 동그랗게 뜨다가, 이내 무슨 말인지 깨닫고 염라왕을 중심으로 모여들었다.

"그렇군. 권능을 부린 것이었나?"

사흉은 각자가 7가지 권능 중 하나씩을 소지하고 있었다.

그중 혼돈이 갖고 있는 것은 탐(貪).

점찍은 것을 반드시 가져야만 하는 힘이다.

그걸 이용해서 몇몇을 자신의 권속으로 세뇌시켜 버린 것이겠지.

지호는 그걸 읽고 연결을 모두 끊은 것일 테고.

'하지만 이전에는 분명 저런 능력이 없었을 텐데? 그새에…… 강해진 건가?'

염라왕은 주먹을 꽉 쥐었다.

온갖 마물과 마수들이 우글거린다는 마해를 건너면서 뭔가라도 얻은 것일까.

그게 아니고서야 지금 혼돈이 부리는 힘은, 자신이 온전히 힘을 되찾는다고 해도 과연 승부를 장담할 수 있을까 싶을 정도로 강한 것 같았다.

어쩌면,

'통천교주보다도 위일지 모른다……!'

그렇다면 다른 사흉들은 또 어떻단 말인가!

염라왕의 두 눈에 수심이 깊게 어리는 그때.

휙!

지호가 여의봉을 꺼내 허공으로 던졌다.

화아악, 가벼운 빛무리와 함께 여의봉은 청룡이 되어 등환처를 크게 감쌌다.

"놈이 술수를 부릴 수 없게 막아 줘."

─응응. 알았어! 그런데 괜찮아?

청룡이 걱정 가득한 눈길이 되었다.

지호는 피식 웃으면서 청룡의 콧잔등을 쓰다듬었다.

"내가 지는 거 본 적 있어?"

─없어!

"그럼 이번에는?"

─이길 거야!

"그럼 나은이 잘 부탁해."

─응응! 꼭 이겨야 해!

지호는 청룡을 달래고 앞으로 저벅저벅 걸어 나섰다. 화안금정이 그리는 시야 안으로 혼돈을 담았다.

청룡이 그를 걱정하는 이유.

망막에 맺히는 수많은 정보들 때문이었다.

—혼돈. 사흉사죄의 탐(貪, 욕심). 요 임금의 아들로
제위를 탐하였으나 숭산으로 추방된 환두이다.

　하지만 두 번째 대면이라 그런지 정보는 거기서 끝나지
않았다.

　—그는 언제나 해가 지는 서쪽 끄트머리에서 살며 자
신이 가질 수 없는 것을 탐한다. 제홍의 후손으로서 노
래와 춤에 능해, 탐한 것을 부리는 걸 좋아한다.

　그리고 보이는 수많은 장면들.

　"대장, 대장, 대장, 대자아아아아앙!"
　"왜 그래? 무슨 일 났어?"
　"그거 봤어, 그거 봤어, 그거 봤냐구우우우?"
　"뭔데? 적이라도 나타난 거냐? 또 삼묘가 일을
저질렀나? 젠장! 가뜩이나 할 것도 많……!"
　"밖에 무지개 떴어! 그것도 쌍무지개!"
　"……야."
　"응?"

"좀 맞자."

"우아아아아악!"

"대자아아아아앙!"

"또 왜!"

"과일 빙수 먹고 싶어! 과일 빙수!"

"미친놈아, 지금 겨울이야!"

"대장?"

"……."

"불렀는데 대답 좀 해 주시죠?"

"……."

"대장, 대장, 대장, 대장, 대장, 대애애애자아아
앙!"

"알았어! 대답하면 되잖아. 대답하면! 정신 사납
게 좀 하지 마!"

"칫. 너무해."

"또 뭘!"

"요즘 꼭 나한테만 이렇게 차갑더라? 이거 차별
이거든요!"

"네가 쓸데없는 말만 해 대니까 그러지!"

"대장, 나 이제 어떻게 하면 좋을까?"

"환두야……."

"결국 이렇게 됐어. 하핫! 쓰레기라니. 그래도 너 무하잖아? 난 그래도 아버지 아들인데. 반갑게 맞아 줄 거란 생각은 안 했지만, 그래도, 그래도……!"

"……뚝."

"흐끅! 흑! 하지만!"

"걱정 마라. 우리는 계속 네 주변에 있을 거니까."

"그, 그치만……!"

"정 안 되면. 내가 대신 아버지라도 되어 주마."

"으아아아아아아앙!"

"대장, 나 무서워……."

"억지로 말하지 마! 피 새어 나오잖아!"

"나, 죽…… 지는 않겠지?"

"약한 소리 하지 말라고!"

"대…… 장. 대장……!"

"환두! 정신 차려! 환두우우우!"

지호가 어떻게 감당이 되지 않을 정도로 너무 많은 장면들이 빠르게 눈앞으로 스쳐 지나갔다.

앳되어 보이는 혼돈의 모습.

그걸 보고 있노라니 가슴 한편이 울컥거렸다.

아마도 영혼의 깊숙한 곳에 내재된 기억이 솟아오른 것이리라.

지호는 눈을 지그시 감았다가 다시 떴다.

눈동자가 깊게 가라앉았다.

하지만 환두는 지호의 어떤 '변화'를 읽은 듯했다.

"아무래도 찾아낸 건 '왕의 힘'이 아니라 '왕의 기억' 쪽인 것 같은데? 하지만 그조차도 완벽한 것 같지는 않고. 뭐, 이러나저러나 재미있긴 하군."

입가에 만연한 웃음이 퍼진다.

지호는 가만히 녀석을 응시하다, 천천히 입을 열었다.

"한 가지 궁금한 게 있는데 물어봐도 되나?"

"얼마든지."

"너희들은 분명 려, 그러니까 효마를 따르고 있었지?"

"그래."

"그럼 어째서 갈라진 거지?"

지호가 늘 궁금했던 게 바로 이 점이었다.

제천대성이 려의 환생이라는 걸 아는 사람은 천계 내에

서도 몇 되질 않는다.

끽해야 옥황상제나 사오정이 전부였고, 부처 쪽에서도 그 사실이 알려진 건 놈들이 려의 무덤을 노리기 시작한 뒤부터였으니까.

하지만 통천교주는 분명 제천대성이 뭔지를 알고 있었다.

늘 입에 담던 단어.

'배신자, 라고 했었지.'

통천교주는 손오공에 대한 분노가 대단했다.

아니, 정확하게 그 분노는 그들의 영혼, 려에게로 향해 있었다.

마치 엄청난 한을 품은 것처럼.

'대체 그 사이에 무슨 일이 있었던 거지?'

통천교주가 '꿈'에 갇혀 있는 동안, 지호는 그녀의 과거를 일부나마 엿볼 수 있었다.

분명 그녀는 희에게 배신을 당해 쓰러진 려의 복수를 하기 위해, 무너진 나라에 대한 원한을 갚기 위해서 직접 희의 밑으로 들어가길 청했었다.

그리고 시간이 지나서는 배반을 일으키기까지 했고.

영락(零落)한 뒤에도 절교를 일으켜 끝까지 천계에 대항하려 했었다.

그런데 와중에 통천교주는 손오공을 증오하게 되었다.

어째서?

단순히 손오공이 마신들을 도로 여의봉에 가둬 버렸기 때문에?

아니다.

그렇게 쉽게 생각할 수는 없다.

분명 귀찮은 걸 질색해하는 손오공의 성격으로 봐서는 절교가 무엇을 꾸몄건 간에 별 신경도 쓰지 않았을 가능성이 더 크다.

그렇다면, 대체 이유가 뭘까?

지호는 이러한 의문을 내내 품고 있었지만 여태 크게 드러낸 적이 없었다.

부처들의 일만으로도 충분히 정신이 없었던 데다가, 어떻게 알아낼 방도도 없었으니까.

하지만 사흉은 그런 자세한 내막을 아는 듯했다.

사흉은 단순히 72마신의 정점에 있는 자들이 아니다.

한때 수미산을 거의 점령하다시피 하며 거대한 성세를 구가했던 효마 려의 칼이자,

그의 뒤를 이어 마신들을 지배했던 왕들.

지금은 통천교주를 주군으로 모시고 있다지만 그들도 그에 못지않은 내력을 지닌 자들이었다.

놈들이라면 뭔가를 알고 있으리라.

아니나 다를까.

혼돈의 한쪽 입꼬리가 올라갔다.

"푸하하하핫! 뭐야? 왜가 다 말하지 않았던가?"

왜.

통천교주 정위의 또 다른 이름.

"하긴 말하고 싶지 않았을 수도 있겠지. 그리고 너 역시 기억이 모두 돌아온 건 아닌가 보군?"

"난 효마가 아니니까."

"하긴. 일개 파편에 지나지 않을 테니."

"파편?"

지호는 인상을 찌그렸다.

그러고 보니 효마는 죽기 직전에 영혼이 갈가리 찢겨져 곳곳으로 흩어졌다던가.

그중 일부는 태양의 파편으로 남았던 것이고.

그리고 비교적 성하게 남은 부분이 윤회의 고리를 타고 환생하게 됐으니. 그것이 바로 손오공과 지호.

그런데 혼돈은 마치 그게 끝이 아니라는 듯 말한다.

그러다 지호의 눈이 부릅떠졌다.

"설마……?"

"호오. 벌써 눈치챘나? 하하하하핫! 역시 머리 하나는 비상해. 려의 파편다워."

화안금정이 살짝 떨렸다.

"려의 잔재가…… 나 '만' 있는 게 아니라고?"

지호는 머릿속이 어지러웠다.

저들이 언제나 말하던 려의 파편, 혹은 려의 잔재라던 것들.

처음에는 거기에 대해 크게 의미를 부여하지 않았다.

그는 려라는 존재 역시 손오공처럼 자신의 영혼을 타고 이 세상에 태어났던 수많은 전생 중에 하나라고 여겼을 뿐이었으니까.

더군다나 손오공은 분명히 말했다.

려는 우리들의 근본. 혹은 기원이라고.

그리고 덧붙여 말했다.

그는 그일 뿐, 우리와는 다른 존재라고.

같은 영혼을 공유했다고 하더라도, 그들은 저마다 태어난 시대도 다르고, 자란 환경도 다르며, 지닌 가치관도 다르니, 서로 다른 개체로서 살아온 생이 너무 길어 같은 사람이 될 수도 없노라고.

그렇기에 손오공과 헤어지고 나서도 려에 대해서 크게 관심을 기울여 본 적이 없었다.

그저 부처들이 반고로 갈 수 있는 문을 열기 위해 파편을 찾을 때에 다시 접했던 것이 전부였을 뿐.

한데, 그게 전부가 아니었다니.

"비슷하다. 듣자 하니 부처 놈들이 왕의 무덤을 그리도 찾아 헤맸었다지?"

여태 저승에 있었던 놈들이 이승에서 벌어진 일은 또 어떻게 알고 있는 거지?

"참으로 우둔하고 멍청하기 짝이 없는 것들이지. 스스로를 '부처(깨달은 자)'라며 지칭할 때부터 이미 잘못된 것이었어. 우리와는 전혀 관련도 없는 바깥세상의 것들이 억지로 개입을 하려니 남는 게 있나."

혼돈이 피식, 비웃음을 던지며 말을 이었다.

"그리 고생을 하지 않아도 주변만 잘 뒤졌으면 뭔가 나왔을지도 모르는데 말이지."

순간, 지호는 뭔가 떠오른 게 있었다.

'제석천.'

자신과 똑같이 화안금정을 갖고 있던 녀석.

그의 얼굴이 갑자기 왜 떠오르는 걸까?

"파편은 여러 형태가 될 수 있겠지. 태양이 떨어진 무덤이 될 수도 있는 것이고. 그저 겉으로 보기엔 아무렇지 않은 돌이 될 수도, 사람이 될 수도, 짐승이거나 혹은 세상 밖에 떨어진 무엇일 수도 있지. 혹은…… 신이나 부처가 될 수도 있는 것이고. 그것도 아니면."

혼돈의 벌어진 입가로 송곳니가 드러났다.

"어딘가 있던 것을 누군가 **빼앗아** 삼킬 수도 있는 것이고."

"……!"

화안금정이 굳어 버렸다.

혼돈은 자신을 칭칭 감고 있는 효마기를 아주 사랑스럽다는 듯이 쓰다듬었다.

녀석은 외치고 있었다.

어딘가 있었던 려의 파편은 이미 자신에게로 귀속되었노라고!

그리고 그건 아마도 사흉 전체에 해당할 터.

지호는 어이가 없다 못해 신물이 날 지경이었다.

"여하튼 우리에게 있어 너는 과거에 모셨던 위대한 왕의 잔재이면서 또한, 그를 욕보이는 그림자이기도 하다는 것이다. 이만하면 질문의 답변으로는 충분한가?"

"……그렇단 말이지. 좋아. 궁금증은 다 풀렸어."

아아, 이제야 알 것 같다.

왜 그동안 다른 신들이며 부처들이 여태 려를 소멸된 줄로만 알고 있었던 건지.

진실을 꿰뚫고 영혼을 엿보는 그네들의 눈에서, 어째서

그들을 공포로 몰아넣었던 려가 보이지 않았던 것인지를 말이다.

그들은 손오공이며 지호가 전혀 려의 환생으로 보이지 않았던 것이다.

굳이 따지자면 차(車) 떼고 포(砲) 떼서 남은 쭉정이?

그러니 전혀 다른 것으로 인식이 될 수밖에.

다만, 천신과 마신의 다른 점이 있었다면,

'천신은 이 사실을 전혀 몰랐고, 부처는 어디서 단편만 알고 있었을 뿐이란 거고. 마신들은…… 전부 알고 있었단 건가?'

마신들의 노림수도 알 것 같다.

놈들은 려의 파편을 전부 모으려 한다.

옥황상제가 그러했던 것처럼.

그리고 그 힘을 가지려 한다.

효마라는 힘을.

그 힘이야말로 반고를 다스릴 수 있는 유일한 방법이니까.

"이걸…… 가르쳐 주는 이유는 뭐지?"

혼돈은 어이가 없다는 투로 물었다.

"물은 건 너면서 왜 가르쳐 주냐 책망하는 거냐?"

그러면서도 대답은 거르지 않는다.

"굳이 따지자면······ 뭐. 숨길 이유가 없으니까?"

"······."

"그리고 우리 죽은 왕의 그림자가 어떤 것인가 확인해 보고 싶기도 했고. 사실 너라는 파편, 내가 갖고 싶거든."

혼돈은 잔뜩 일그러진 화안금정에 비친 자신의 모습을 보며 환하게 웃었다.

눈동자에 광기가 어렸다.

욕망과 집착으로 가득 찬 광기.

"뭐니 뭐니 해도 여러 파편 중에서 가장 잘 익은 것이 바로 제천대성이니까! 그걸 가질 수만 있다면. 흐흐흐흐흐흐흐!"

생각만 해도 군침이 돈다는 듯이 붉은 혀로 입술을 날름거렸다.

쿠쿠쿠쿠쿠쿠쿠!

그의 감정을 따라 일대 공간도 진동했다.

효마기가 들끓으면서 세상의 법칙이 흐트러지고 있었다.

참으로 터무니없는 힘이 아닌가.

그러다 진동이 뚝 멈췄다.

혼돈은 어깨를 으쓱였다.

"하지만 다른 놈들도 너를 눈독 들이고 있는 터라. 내가 선수를 쳤다고 하면 죄다 길길이 날뛰겠지. 이래 봬도 난

공정한 걸 좋아해서 말이지. 너희들 세상 말로는 페어 플레이라던가? 내기를 시작하기 전에 그래도 한 번 네놈의 얼굴 정도는 보고 싶었다."

지호는 이미 차갑다 못해 인형처럼 무정하게 변해 있었다.

"그래서? 마음에 드나?"

"아무렴. 당연하고말고."

혼돈은 크게 고개를 주억거렸다.

"그러니 부디 다음에 올 때까지 어디 딴 데다가 주지는 말아 다오. 그래서는 맛난 음식을 앞에 두고 떠났던 때가 떠올라 내 마음이 찢어지지 않겠나. 안 그래?"

씩 웃으면서 효마기를 모두 거둬들인다.

등환처 전체를 짓누르던 압박이 사라졌다.

이것은 단순한 인사치레였다는 듯 훌쩍 떠나려는 혼돈을 두고, 염라왕과 등환처 사람들은 저마다 울분이 터질 것만 같았다.

고작 한 놈 따위에게 이런 신세라니.

어쩌다 이렇게까지 되고 만 것인가!

하지만 혼돈이 또 어떻게 무사들을 세뇌해 분란을 일으킬지 몰라, 아무도 놈을 붙잡지 못했다.

스륵!

그렇게 혼돈이 공간을 열고 사라지려는 그때,

"웃기네."

"뭐?"

지호가 혼돈을 보며 고개를 외로 꼬고 있었다.

"누가 보내 준대?"

"……!"

혼돈은 그제야 깨달았다.

자신을 둘러싼 공간이 속박되어 있다는 사실을.

그리고,

지이잉!

자신의 머리 위로 공간이 찢어지면서 시커먼 무저갱, 허무가 열리고 있었다!

"너……!"

"너희들이 려의 파편을 가질 수 있다면, 그건 나도 가질 수 있단 거잖아?"

"……!"

"그럼 네가 가진 거 내가 갖고 갈게. 제 발로 굴러 들어온 놈을 그냥 보내 줄 정도로 내가 멍청한 줄 알았냐?"

그 말과 함께 지호는 손을 뻗어 허공을 세게 움켜쥐더니 그대로 안쪽으로 잡아당겼다.

촤르르르르륵!

수십 개의 쇠사슬이 나타나면서 단번에 혼돈의 머리 위로 떨어졌다.

"미친! 다른 놈들은 생각지도 않는단 말이냐!"

혼돈은 전혀 생각지도 못한 상황에 얼굴을 잔뜩 일그러뜨렸다.

하지만,

"내가 왜?"

지호는 전혀 모르겠다는 투로 비웃음을 던지며 더 많은 쇠사슬을 끄집어냈다.

마치 촉수처럼 달라붙는 통에 혼돈은 이리저리 피하면서 이를 갈았다. 하나하나가 살아 있는 생명체처럼 움직임도 천차만별이었다.

그러다 짜증이 났는지, 혼돈은 이내 갈무리했던 효마기를 터뜨리며 흉악하게 웃었다.

—좋다! 정당방위로 막다가 그렇게 되었다는데 놈들이라고 딴소리는 못하겠지!

놈은 신의 목소리로 지껄이면서 어느덧 붉은 불꽃을 휘감고 있었다.

검붉은 효마기.

그것을 부리는 녀석은 마치 마해에서 살아간다는 마물처럼 보였다.

콰콰콰콰콰콰콰쾅!

주먹을 거세게 휘두르니, 쇠사슬들이 속박하려다 말고 죄다 터져 나갔다.

부서진 파편들이 우수수 떨어지는 가운데,

콰아아아아아앙!

지호는 지면을 으스러져라 밟아 단숨에 공간을 관통, 어느새 혼돈과 맞부딪치고 있었다. 손바닥에서 수십 개의 벼락이 압축된 뇌벽세가 작렬했다.

콰르르르르르르릉!

검붉은 불꽃이 사방으로 터져 나가 지면에 닿을 때마다 유성우가 떨어진 것처럼 어마어마한 크기의 구덩이가 파인다. 뇌기는 하늘을 샛노랗게 물들이면서 두 눈을 멀게 만들었다.

콰콰콰콰콰콰!

붉은 하늘을 따라 지호와 혼돈이 접전을 시작하며 저승이 울리는 가운데.

등환처를 따라 몸을 감고 있던 청룡이 더더욱 몸을 안쪽으로 옥죄면서 아예 똬리를 틀었다. 염라왕 등의 머리 위로 짙은 그림자가 드리워졌다.

—답답해도 조금만 참아! 지호가 이긴댔으니까, 그때 풀

어 줄게!

청룡은 혹시나 사람들이 겁을 먹을까 싶어 커다란 두 눈을 끔뻑였다.

그 모습이 너무 귀여워 염라왕은 자기도 모르게 웃음을 터뜨리고 말았다. 그러다 따스한 미소를 지으면서 손으로 청룡의 비늘을 쓰다듬었다.

"참으로 착하구나."

─헤헤헤헤. 맞아. 성이 착해!

"나 역시 지호가 질 거라 생각지 않으니 너무 긴장하지 않아도 된다."

─응응!

염라왕은 청룡의 몸이 긴장으로 살짝 경직되어 있는 걸 느꼈다.

아마도 마음 같아서는 당장이라도 달려가서 도와주고 싶은 것이겠지.

하지만 지호가 자신들을 보호해 달라 부탁했으니 이렇게 책임감 있게 남아 있는 것이다.

염라왕은 지호가 참 좋은 짝을 만났다고 생각했다. 그래서 청룡의 근심을 덜어 주고 싶었다.

그런 마음이 통한 것일까.

빳빳했던 비늘이 부드럽게 스르르 풀리더니, 청룡이 커

다란 머리를 이쪽으로 가까이 붙이면서 염라왕에게 볼을 문댔다.

마치 그 모습이 나른함에 잠긴 고양이 같았다.

염라왕은 토닥토닥, 손으로 청룡의 머리를 부드럽게 어루만져 주면서 고개를 들어 하늘을 바라봤다.

하늘을 따라 격전을 벌이는 지호의 모습이 보였다.

어느덧 화안금정뿐만 아니라, 손오공처럼 순백색의 머리까지 하고 있었다.

그녀의 눈빛이 깊게 가라앉았다.

'지호. 네가 효마의 파편이라고……?'

청룡이 느끼지 못하는 사이, 그녀의 눈꺼풀이 알 수 없는 감정으로 파르르 떨렸다.

*　　　*　　　*

금색 눈과 하얀 머리. 그리고 가슴팍부터 볼까지 이어지는 검푸른 비늘까지.

지호가 반인반룡의 모습을 취한 건 정말이지 오랜만이었다.

부처들을 상대했을 때에도 꺼내지 않았던 모습이건만.

그만큼 저승의 법칙이 지호에게 주는 압박이 크다는 뜻

이기도 하지만.

달리 설명하자면 혼돈이 그만큼 강하다는 뜻이기도 했다.

콰콰콰콰콰콰콰콰!

하늘을 따라 기다란 궤적이 그려지면서 공간이 길게 찢어진다.

마치 칼을 갖다 대고 길게 그은 듯한 모습.

그 끝에 혼돈이 있었다.

놈은 더 이상 인간의 형체를 띠지 않았다.

붉은 갈기를 드러낸 곰의 형태를 띤 마수.

지호는 놈이 내려친 주먹을 받아 채며 힘껏 밖으로 밀어내고 있었다.

혼돈은 힘에서 밀리는 게 짜증이 났는지, 거칠게 벌어진 주둥이로 포효 소리를 내질렀다.

크오오오오오오오!

하늘이 금방이라도 무너질 것처럼 우르르 떨린다.

그러고는 아가리를 쩍 벌리면서 지호의 왼쪽 어깨를 덥석 깨물었다.

콰직.

지호는 왼팔이 통째로 타들어 가는 끔찍한 고통을 꾹 참고서 녀석과 함께 그대로 지상으로 빠르게 하강했다.

콰아아아아아아아앙!

직경 수 킬로미터, 깊이 수백 미터에 달하는 어마어마한 구덩이가 파이면서 먼지 기둥이 하늘 끝까지 높이 치솟았다.

그리고 그 뒤를 따라 붉은 불꽃과 샛노란 뇌전이 튀어 올라 수십 킬로미터 밖으로 잔뜩 퍼졌다.

지면이 시뻘겋게 달아오르고, 잘게 부서지고, 곳곳에 균열이 잔뜩 가해졌다. 지형이 이리저리 일그러지거나 붕괴되면서 세상이 요동쳤다.

그렇지 않아도 이곳은 모든 게 황폐화된 지옥.

그 땅이 더욱 엉망으로 변하고 있었다.

콰콰콰콰콰콰!

불길과 뇌전의 중심에는 여전히 혼돈을 찍어 누른 채로, 계속 지면을 하염없이 파고드는 지호가 있었다.

크오오오오오오!

혼돈은 당장 이 손길을 놓으라며 발버둥을 쳐 댔다.

분노를 내지르면 내지를수록 털을 휘감고 있는 지옥불이 더더욱 거침없이 타올라 지호를 불사르려 하고, 거대한 발톱으로 계속 두들기면서 꺼지라고 소리친다.

　　—놓지 못하겠느냐아아아아아!

하지만 지호는 놈을 놓아 줄 생각이 전혀 없었다.

왼쪽 어깨를 더더욱 세게 밀어 넣으면서 놈의 턱을 바수고, 얼굴을 일그러뜨린다. 그리고 나아가 뇌벽세를 쉴 새 없이 퍼부었다.

영혼을 송두리째 태워 버릴 심산이었다.

그럴수록 혼돈이 받는 고통은 더더욱 가중되었다.

몸이 짜부라지고 찢겨지는 느낌은, 이루 말로 표현할 수 있는 것이 아니었다.

하물며 여태 저승에서 무서울 것 없이 천둥벌거숭이로 살아왔던 녀석임에야!

이대로는 죽을지도 모른다는 공포가 혼돈을 흔들었다.

　　—놔라, 놔라, 놔라……!

혼돈은 있는 힘껏 지호를 밀어내려 하면서 빠져나갈 방도를 강구했다.

하지만,

"누구 마음대로?"

지호가 비웃음을 던지더니,

둥, 둥, 두웅—!

발을 움직이면서 우보를 밟았다.

지호가 누르는 힘에 더해 공간까지 단단히 결박된다.

혼돈은 전신을 찍어 누르는 어마어마한 압력에 잔뜩 일그러지면서 피투성이가 되었다. 이것으로 탈출할 마지막

가능성마저 사라진 것이다.

콰콰콰콰콰!

둘은 이대로 지면에 파묻히는 게 아닐까 싶을 정도로 계속 아래로 파고들었다. 단단한 암반이 불꽃과 뇌전으로 잘게 부서지면서 수직으로 깊은 구멍이 생기더니,

퍼어어어어엉!

갑자기 끝없을 것 같던 대지가 끝나면서 공허한 공간이 나타났다.

붉은 하늘.

분명 하늘은 저 위에 있어야 할 텐데?

혼돈은 짧은 착각 끝에 깨달았다.

이곳은 등환처가 있는 흑승지옥이 아니었다.

바로 그 아래층, 중합지옥.

지호는 어느덧 그를 데리고 아래층까지 파고들고 만 것이다!

—미치이이이이이이인!

지옥을 부수고 아래로 내려간다니.

그런 생각은 해 본 적도 없었다.

혼돈은 아예 상식을 파괴하다 못해 제멋대로 구는 지호를 보면서 더 큰 공포를 느꼈다.

하지만 지호는 하강을 멈추지 않았다.

4층 규환지옥, 5층 대규환지옥, 6층 초열지옥까지.

지호는 끊임없이 혼돈을 밀어붙이면서 불꽃이 바다처럼 일렁거리는 곳 한가운데에다가 놈을 처박아 넣었다.

콰르르르르르르르르르—!

지옥 네 개를 단숨에 관통한다는 것은 어마어마한 일이었다.

하물며 그것을 고스란히 감당한 혼돈은 어떨까?

이미 기세등등하던 그의 사지는 몽땅 분질러지거나 떨어지다 못해 너덜너덜한 넝마가 된 지 오래였다. 숨결마저 위태롭고, 털처럼 휘돌던 불꽃도 많이 가라앉았다.

하지만 지호는 그것으로도 모자라다는 듯, 다시 우보를 밟으려 했다.

아주 짧게 주어진 순간.

혼돈은 처절한 비명을 질렀다.

—제기랄아아아아아아아앟!

바로 그때, 혼돈의 심장 부근에서 여태 묻어 뒀던 효마기가 새어 나와 지호의 팔을 잠식했다.

그가 삼켰다는 려의 파편.

그것이 유동하기 시작했다.

—오냐아아아아아아! 끝까지 가 보자아아아아아아!

혼돈은 파편을 도구로만 사용했지, 여태 한 번도 밖으로 끄집어내 본 적이 없었다.

말이 좋아 파편이지, 그것은 려의 영혼이다.

왕의 영혼. 효마의 힘. 그중 일부라 할지라도 자칫 '먹힐' 수가 있을 정도로 위험했다.

하지만 혼돈은 이것저것을 따질 겨를이 아니었다.

심장 부근에 맺힌 려의 파편을 향해, 혼돈은 자신의 권능인 탐을 밀어 넣었다.

찰칵!

마치 자물쇠에 열쇠를 넣어 돌리는 듯한 소리가 들리는 듯하더니,

고오오오오오오!

혼돈을 따라 어마어마한 양의 효마기가 폭풍처럼 휘몰아치기 시작했다.

본디 초열지옥은 살생, 도둑질, 음행을 저지른 죄인의 영혼을 불길로 태우고 구워 버리는 곳. 철판으로 된 바닥을 따라 휘몰아치는 지옥불은 태상노군이 부리는 팔괘로의 불길에 버금갈 정도였다.

하지만 그런 지옥불이 지호와 혼돈이 있는 곳에는 전혀 퍼지지 못했다.

도리어 이대로 꺼지는 게 아닐까 싶을 정도로 불길이 하염없이 사그라졌다. 일부는 아예 뻘건 지면이 훤히 드러나

고 말았다.

그리고,

스스스—

지면 곳곳에서 뭔가가 천천히 일어났다.

마치 실에 매달린 인형처럼. 사지가 제멋대로 움직이면서 올라온다.

흐를 것 같은 거죽. 누리끼리한 색. 앙상한 몰골. 퀭한 눈빛. 퀴퀴한 악취.

지호는 보는 순간 '좀비'라는 단어를 떠올렸다.

하지만 놈들은 그보다 더 근본적이고 처량하며 음습한 기운을 품고 있었다.

망량이되, 망량이 아닌 존재들.

지옥불의 고통을 이기지 못하고 한없이 영락을 거듭해, 결국 윤회의 고리에도 들지 못한 채 영원토록 지옥을 떠도는 것들이었다.

꺼어어어어어!

「이승의 것이다…… 이승의 것이 나타났다……!」

「먹을 거야, 먹을 거…….」

「살려 줘. 제발 살려 줘.」

「너의 영혼을 우리에게 줘.」

「그럼 살 수 있어……!」

효마기에 이끌려 반응한 수십만, 수백만에 달하는 망량들은 일제히 지호가 있는 곳으로 달려들었다.

「죽어 다ㅇㅇㅇㅇㅇㅇ!」

혼돈을 마저 끝내려 손날을 들어 올렸던 지호는 효마기의 반발에 잠시 멈칫거리다, 망량들 쪽으로 시선을 돌려야만 했다.

어느새 놈들이 하늘을 뒤덮는 게 아닐까 싶을 정도로 빽빽하게 모여 덮쳐 왔다.

금세 지호가 있던 자리에 거대한 망량으로 덮인 산이 만들어지고,

콰르르르르르르릉!

놈들 위로 빛이 새어 나온다 싶더니 그대로 갈가리 찢겨 나가고 말았다.

키아아아아아악!

"이 빌어먹을 놈들이!"

지호는 시체 조각을 잔뜩 뒤집어쓴 채로 얼굴을 잔뜩 찡그렸다.

이미 그의 발밑에는 혼돈이 사라지고 없었다.

놈들에게 정신이 팔린 나머지, 그새 녀석이 사라지는 것을 놓치고 만 것이다.

그리고 그 순간, 뒤쪽에서 공간을 꿰뚫고 곰의 발톱이 튀

어나와 지호의 관자놀이를 후려치려고 했다.

지호는 즉각 반응해 옆으로 밀어내면서 손날을 세워 그 쪽으로 휘둘렀다.

하지만 혼돈은 순식간에 사라졌다.

그리고 그새 다른 망량들이 꾸역꾸역 일어나 다시 지호에게로 몰려들었다.

지호에게 있어 한주먹거리도 안 될 놈들이건만.

"젠장. 이게 뭐냐고."

숫자가 그를 질색하게 만들었다.

드넓은 지평선을 따라 수천만 마리가 이쪽으로 한꺼번에 달려드는 광경은, 보는 것만으로도 끔찍했다.

지호는 지면을 박차 하늘 높이 치솟았다.

수천만에 달하는 망량들은 전부 닭 쫓던 개 신세가 되어 하늘을 올려다봤다.

「가지 마…….」

「돌아 와! 돌아 와!」

「우리에게 먹혀 줘.」

「이리 와. 이리로.」

놈들은 한데 뭉쳐 서로 위로 올라가겠다고 버둥거렸다. 뒤의 놈들이 앞 놈을 올라타고, 다시 뒤의 놈이 그 위를 올라타면서 삽시간에 거대한 산이 되어 지호를 붙잡으려고 했다.

그것은 하나의 군체(群體)가 되었다.

저들끼리 뒤죽박죽 섞여 장장 수백 미터의 크기에 달하는 거인이 된 망량.

보는 것만으로도 혐오감이 저절로 풍기는 녀석은 거대한 손을 들어 지호를 붙잡고자 했다.

—내게…… **와라**……!

저토록 많은 놈들이 한데 뭉치니 단편적인 의식이라 할지라도 일부나마 신성을 띠는 모양이었다.

지호는 자신보다도 훨씬 큰 거인의 손을 맞잡아 그대로 힘을 주었다. 뇌벽세가 안으로 파고들면서 거인이 그대로 안쪽에서부터 터져 나갔다.

"어디지?"

지호는 기감을 세워 주변을 낱낱이 살폈다.

하지만 느껴지는 건 온통 초열지옥을 덮은 효마기뿐.

게다가 농도가 너무 짙어 도저히 원하는 걸 읽어 낼 수가 없었다.

그사이에 망량들은 꾸역꾸역 일어나 다시 거인의 형체를 이뤘다.

—내게!

—와라……!

—우리에게…… 먹혀라……!

　세 마리의 거인은 어떻게든 지호를 잡아 보려 허우적대
면서 팔을 뻗었다.

　지호는 몸을 빠르게 움직여 손길을 일일이 피하면서 손
날을 세워 거인의 팔목을 자르고 머리통을 부쉈다. 하지만
그럴 때마다 놈들은 계속 재생을 거듭하면서 지호를 귀찮
게 만들었다.

　거인의 숫자도 계속 불어나더니 어느덧 수십 마리에 달
할 만큼 많아졌다.

　수십억 마리에 달하는 망량들이 일제히 내뱉는 소음은
머릿속을 어지럽게 만들 정도였다.

　어디 그뿐이랴.

　콰콰콰콰콰콰콰!

　저 하늘 위. 구멍 난 곳을 따라 시커먼 연기를 토하는 구
릿빛 쇳물이 쏟아졌다. 위층 대규환지옥에서 쏟아지는 것
이다.

　땅에서는 지옥불이 다시 거칠게 일어나 지호를 태우려
하고, 평평했던 지반이 잔뜩 융기하면서 칼날처럼 뾰족하
고 날카로운 가시를 드러냈다.

　그야말로 지옥!

　초열지옥 전체가 지호 하나를 잡고자 제멋대로 움직이기

시작했다.

지호는 근두운으로 몸을 감아 쇳물로부터 몸을 보호하는 한편, 다가오는 모든 것들을 부수고 또 부쉈다.

하지만 세상 전체가 다가오는 듯한 감각은 쉽게 넘어갈 수 있는 게 아니었다. 뜨거운 열기가 숨을 턱턱 막히게 해서 기분도 좋지 않았다.

'효마기가 법칙이 된 건가?'

지호는 화안금정을 잔뜩 일그러뜨렸다.

웅, 웅, 웅—

심장이, 영혼이, 아까 전부터 계속 울렸다.

이전에 소호 금천과 과보를 만났던 곳, 태양이 떨어진 자리에서 려의 파편을 봤을 때와 똑같은 느낌이었다.

초열지옥 전체에 걸쳐 효마기가 잔뜩 퍼져 있었다. 그리고 마치 스스로 삼라만상이 된 것처럼 초열지옥을 움직이고 있었다.

당연히 그 중심에는 혼돈이 있었다.

혼돈의 권능은 탐(貪).

지옥을 부리겠다는 욕심으로 세상 자체를 움직이고 있는 것이다.

이것이 염라가 부렸다는 권능의 힘일까?

7개 중 1개만 하더라도 이럴진대, 전부가 하나로 모이면

대체 어떻게 되는 거지?

제아무리 효마기와 려의 파편이라는 매개체를 써서 힘을 증폭시킨 결과라고는 하나, 그만큼 권능이 가진 잠재력은 무궁무진했다.

어쩌면 초강왕이 멍청하게 그걸 제대로 다루지 못한 것일지도 모르지.

지호는 살짝 초조함을 느꼈다.

지금은 삼도천에서 초강왕을 상대할 때와 비슷한 케이스다. 시간만 더 주어진다면 혼돈이 숨어 있는 곳을 어떻게든 찾아낼 수는 있을 것 같았다.

'하지만 그 사이에 놈이 나은을 노리려 한다면……!'

그때는 골치가 아파진다.

혼돈도 이것으로 지호의 발목이나 잡는 게 고작일 뿐, 죽일 수 없다는 건 곧 깨닫게 될 터.

그렇다면 다른 권능을 손에 넣기 위해 위쪽으로 마수를 뻗칠 수도 있는 것이다.

아니나 다를까.

구멍 난 하늘을 따라, 저 위로 효마기가 스멀스멀 올라가려 하고 있었다.

하지만 지호는 함부로 움직일 수가 없었다.

혼돈이 초열지옥을 움직여 구멍 난 하늘을 메우고 있었

다. 그것을 쫓으려 해도 감옥처럼 덮쳐 오는 거인들의 손아귀를 빠져나가기가 힘들었다.

'나도 권능을 지닐 수 있다면.'

하지만 자신이 갖고 있던 건 이미 염라왕에게 주지 않았던가.

지호는 이를 바득 갈다가, 별안간 뭔가가 떠올랐다.

있었다.

그가 권능을 부릴 수 있는 방법이.

* * *

어둠 속에서.

혼돈은 잔뜩 얼굴을 구겼다.

아니, 사실 얼굴이라는 게 있다고 하기에도 이상했다.

이미 그의 육신은 효마기가 되어 초열지옥을 통째로 움직이고 있었으니까. 그리고 외곽으로도 조금씩 손길을 뻗치면서 지옥 전체에 걸쳐 장악을 시도했다.

그는 본체처럼 짐승과도 같았다.

그를 움직이게 하는 본능은 하나.

탐욕.

　　—갖고 싶다. 갖고 싶다. 갖고 싶다.

려의 파편을.

효마기를.

아니, 효마 려. 그 자체를 갖고 싶었다!

　　―킥! 그래. 너는 왕이었지. 하지만 나도, 나도
왕의 피를 타고 난 몸……! 너도 되는데 나라고
될 수 없을까!

아릿한 기억 속.

혼돈은 또 다른 이름으로 불리기도 했다.

환두 혹은 단주.

그것은 아무도 범접할 수 없는 성스러운 이름이었다.

상고 시대를 연 오제(五帝) 중 하나, 요(堯).

그는 수미산을 다스리도록 되어 있던 위대한 자였으며,
환두는 그런 요의 단 하나밖에 없는 아들이었다.

환두는 언제나 위대한 아버지를 사랑했다.

그리고 그런 아버지의 영광을 놓치지 않으려 부단히도
노력했다.

하지만,

　　―그놈만! 그놈만 아니었더라면!

억울하게 이상한 놈에게 자리를 빼앗기고 말았다.

그것도 듣도 보도 못한 천한 것에게.

시골에서 한낱 짚이나 꼬던 작자에게!

세상으로부터 버림을 받아 방황을 하던 그를 붙잡아 주던 것이 바로 려였다.

다른 이들로부터 효마라 불리며 칭송을 받던 그는 정말이지 아름다웠다.

멋있었다. 늠름했다.

그를 배우고 싶다는 생각을 언제나 마음속에 품었다.

─아니. 배우는 것으로 그치지 않는다. 빼앗는다. 갖는다. 내 것으로 그냥 만들면 되는 게 아닌가! 나는 왕. 왕의 피를 타고난 자. 갖고 싶은 것이 있으면 갖고, 부수고 싶은 것이 있으면 부수면 되는 왕⋯⋯!

권능 탐은 무럭무럭 자라 혼돈을 지배했다.

그래서 혼돈은 손을 뻗어 지호를 잡고자 했다.

놈은 려가 남긴 가장 큰 파편 중 하나.

저것만 가질 수 있다면.

자신이야말로 려, 그 자체가 될 수 있었다.

하지만 과연 자신들을 여태 곤경으로 몰아넣은 제천대성이라고 해야 할까.

쉽게 잡히지가 않는다.

마치 하루살이가 발버둥 치는 것처럼 보여, 짜증이 났다.

─이것으로 잡을 수는 없는 건가?

그렇다면 다른 방법을 쓸 수밖에.

하루살이를 잡을 수 없다면 놈이 좋아하는 먹이에다 향을 피우면 되지 않겠는가.

그 순간, 혼돈은 머리를 위로 치켜들었다.

자신이 볼썽사납게 내리꽂혀야 했던 구멍 난 하늘이 보였다.

—**잡을 수 없다면 힘을 키우면 되지 않은가?**

당장 려의 파편을 구할 수 없으니 효마기를 늘릴 수는 없다.

그렇다면 권능을 강화시키는 수밖에.

다행히 저 위에 마지막 남은 딱 하나가 있었다.

—**후후후후후후.**

탐욕이 돌았다.

갈증이 일어났다.

혼돈은 붉은 혀로 입술을 축였다.

—**권능을 먹고. 려를 먹자.**

손길을 뻗었다.

효마기가 단숨에 흑승지옥으로 가지를 뻗었다.

*　　　　*　　　　*

흑승지옥, 등환처.

염라왕은 대산홍에게서 천천히 손길을 거뒀다.

구멍 났던 심장은 상당히 아물어 있었다.

파르르.

눈꺼풀이 살짝 떨리더니 천천히 눈을 뜬다. 눈동자에 초점이 잘 잡히지 않았다.

마치 의식이 돌아오지 않는 듯한 모습.

"내가, 보이느냐?"

염라왕의 나지막한 물음에, 대산홍의 초점이 잡혔다.

"대…… 왕……!"

"그래. 너의 주인이니라."

"큭……!"

"무리하지 말고 누워 있어라. 상처를 겨우 봉합하였으니."

대산홍은 억지로 일어나려다 말고 다시 자리에 누워 주변을 둘러보았다.

자신처럼 누워 있는 병자들이 많았다.

갑자기 몸을 날렸던 자객들이며 그들에게 다친 이들까지.

그는 어떻게 된 건지 금세 상황을 파악했다.

"누가…… 술수를 부린 것이로군요……."

"혼돈이었다."

"아아!"

대산홍은 가슴이 쓰라렸다.

군단도 아닌 한낱 사흉 따위에게 농락당하는 처지로 전락해 버린 꼴이.

그리고 의도치 않게 자객이 되어야 했던 병사들이 깨어났을 때 받을 정신적 충격이 얼마나 클지 가늠도 되지 않았다. 동료들을 제 손으로 죽이고 말았으니.

무력했다.

스스로가 참담한 꼴이 된 심정이었다.

염라왕은 대산홍이 느끼고 있을 자괴감을 덜어 주고 싶었지만 더 이상 말을 잇지 않았다.

여기서 섣부른 위로는 그를 더 다치게만 만든다.

스스로 일어서게끔 믿고 기다려 주는 수밖에는 없었다.

염라왕은 천천히 자리에서 일어나 주변을 둘러보았다.

이제 거의 무너지다시피 한 등환처는 과연 성이라 할 수 있을까 싶을 정도로 망가진 상태였다.

다시 일어설 수 있을까?

그녀에게 남은 병사라 해 봤자 한 줌.

반면에 적은 이미 저승의 대부분을 장악한 군단.

처음 손오공과 함께 저승에 왔을 때보다도 더 처참한 상황이었다.

그래도 그때는 명부시왕들이며 마신들, 극락까지 죄다 분리되어 세를 키우기는 쉬웠으니까.

하지만 지금은…….

'지쳤구나. 나는.'

염라왕은 인정할 수밖에 없었다.

'어찌 이리되고 말았을까?'

계속 다가오는 옥황상제의 손길을 피해 이승으로 달아나면서부터?

권능을 일곱 개로 나누어 저승에 뿌렸을 때부터?

대체 언제부터?

그리고,

'지호가 효마라면. 어찌해야…….'

눈가에 살짝 그림자가 드리울 때,

끼이이이이?

청룡이 왜 그러냐며 얼굴을 가까이 붙여 큰 눈을 끔뻑였다.

—어디 아파?

"아니란다. 아무것도."

—아프면 성이한테 말해! 성이 어어어어엄처어어엉 대단하다? 막막! 하늘에서 비도 막막 뿌리게 막막 할 수 있어!

"그것참 대단하구나."

—그치이이이? 헤헤헤헤헤.

염라왕은 순수하기 짝이 없는 청룡을 보고 있으니 마음이 한결 편해졌다.

지쳤어도, 아직 포기하지는 않았으니까.

염라왕은 심신을 달래며 병사들이 모인 곳으로 시선을 돌렸다.

병사들은 한데 뭉쳐 멍하니 지호와 혼돈이 휩쓸고 지나간 자리를 바라보고 있었다. 깊게 짓눌린 구멍 아래로 저 멀리 아래층 지옥들이 보였다.

"저건 사람도 아냐……."

"어떻게 이승의 신이 저승에서 이만한 힘을 발휘할 수 있는 거지?"

"설마 그새 법칙을 다 꿰뚫은 건가?"

"그럴 리가! 옥황상제며 석가여래도 함부로 손을 못 뻗치던 곳이 이곳이었는데. 손오공도 그건 못 했었잖아?"

"하지만 권능도 없는 사람이 어떻게?"

"손오공은 안 그랬나."

"하긴 그도 그래."

"만약 이 정도가 힘의 태반이 꺾인 정도라면……."

"……뭔가 무섭군."

그러다 누군가 침을 꼴깍 삼키면서 물었다.

"만약에. 정말 만약인데 말이야."

"응?"

"천마가 권능을 가지게 된다면 어떻게 될까?"

"……!"

"……!"

툭 내뱉듯이 던진 말.

하지만 좌중은 침묵에 잠겼다.

사실 그런 생각은 누구나 한 번씩 가지긴 했지만, 불경스
럽다 하여 아무도 입에 올리지 않았다.

권능은 어디까지나 자신들의 왕에게로 가야 했으니.

하지만 이만한 힘을 부리는 자가 저승의 법칙을 다스릴
수 있게 된다면…… 뭔가 판이 달라질지도 몰랐다.

"미안하지만 이미 권능은 내가 받고 말았구나."

염라왕이 저벅저벅 걸어오자, 병사들은 잔뜩 허리를 쭈
뼛 세웠다.

"대, 대왕! 저, 저는 그런 것이 아니라……!"

"안다. 네가 무슨 말을 하고 싶은 건지. 그 역시 충정에
서 안타까워 하는 말이 아니더냐."

"……."

"나 역시 도울 수 있다면 얼마든지 돕고 싶은 것을."

염라왕은 지호와 혼돈이 사라진 자리를 보면서 안타까워 작게 중얼거렸다.

사실 권능은 주어진다고 해서 쉽게 부릴 수 있는 게 절대 아니었다.

끼이이이이.

그때 청룡이 머리를 번쩍 들더니 이쪽으로 조금씩 움직였다.

"왜 그러느냐?"

염라왕은 청룡의 표정이 좋지 않다는 것을 깨닫고 고개를 들어 살폈다.

청룡은 구멍을 빤히 바라보면서 중얼거렸다.

—이상한 거 올라와.

염라왕이 놀란 눈이 되어 그쪽으로 고개를 돌린 순간,

쏴아아아!

"무, 뭐야? 저게?"

저수지에 물이 차듯, 구멍을 따라 검은 연기가 올라온다.

병사들이 놀라 주춤 물러섰다.

염라왕이 다급하게 소리쳤다.

"다들 물러나라, 어서!"

효마기가 침범을 시도하고 있었다!

청룡은 몸을 더 두텁게 쌓아 등환처를 보호하려 했고 염라왕은 권능을 발휘하고자 했다.

'흡······!'

심장이 찌르르 울렸다. 낫기 시작한 지 얼마 되지 않은 몸으로 억지로 권능을 부리려 하니 몸이 반발을 하는 것이다.

하지만 억지로 참고 어떻게든 버티려 애썼다.

쿠쿠쿠쿠쿠쿠쿠쿠!

아래에서부터 올라오는 권능과 위에서부터 내려가는 권능이 서로 충돌을 벌이면서 흑승지옥 전체가 미약하게 떨렸다.

—내놓아라······ 네가 가지고 있는 것을······!

혼돈의 목소리가 웡웡 울렸다.

염라왕은 표정을 딱딱하게 굳혔다. 놈의 상태가 심상치 않았다.

아주 잠깐 고민을 하다, 등환처 밖으로 걸음을 옮겼다.

—어? 어!

"대왕!"

청룡과 병사들이 그녀를 말리려 했지만, 염라왕은 구멍 쪽으로 계속 걸음을 옮겼다. 수십 킬로미터에 달하게 파인 구덩이는 너무 크고 싶어서 끄트머리에만 서도 저절로 위압감이 느껴질 정도였다.

<u>스스스스.</u>

염라왕이 다가갈수록 아지랑이처럼 피어오르던 효마기
도 점차 짙어졌다. 그녀의 발목을 따라, 몸을 타고 오르며
목젖까지 닿는다.

권능과 권능도 충돌을 벌이면서 지진을 더 크게 만들었
다.

그런데도 그녀는 눈썹 하나 까딱하지 않았다.

"원하는 게 뭐지?"

─네가 갖고 있는 것.

"그것으로도 부족하나?"

─모자라. 항상 모자라. 나의 갈증을 달래기엔.
언제나. 그러니 내가 가져야겠다.

"해 보아라. 어디."

─잘난 듯이 떠들지 마라!

혼돈이 크게 소리를 지르자, 효마기가 배로 불어나 염라
왕을 완전히 집어삼키기 위해 몸을 더 세게 감았다.

'지호, 내 생각은 정해졌다. 네가 려라 해도 상관없어.
너는 너일 뿐이니.'

효마기가 점점 짙어지면서 그녀를 완전히 세상으로부터
격리시키려는 그때,

「대체 뭘 하는 거야!」

기겁에 찬 목소리가 염라왕의 귓가를 왕왕 울렸다.

하지만 염라왕은 그 목소리가 너무나 좋기만 했다.

언제나 꿈에서까지 간절히 바랐던 목소리.

허구한 날 벌어지는 전쟁 통 속에서도 그녀를 잃지 않게 해 주던 목소리.

희망이 되어 주던 목소리.

피식.

염라왕의 입가에 살짝 미소가 걸렸다.

「네가 날 찾기 쉽도록 했지.」

그녀와 지호 사이에는 어느덧 가느다란 심령이 연결되어 있었다.

「그러다 위험해지면 어쩌려……!」

「아무래도 너 역시 나와 같은 생각인 것 같은데?」

「…….」

이심전심(以心傳心).

염라왕은 믿고 있었다.

자신이 떠올린 권능을 건네줄 방법을, 지호 역시 떠올렸으리라고.

그리고 생각은 옳았다.

「같은 생각에 미쳤다면 주저할 것 없지.」

「……하여간.」

지호가 어쩔 수 없다는 듯이 살짝 웃었다.

염라왕은 고개를 들어 심어를 계속 이었다. 아주 잠깐 고민했던 모든 속마음을 털었다.

「지호.」

「……갑자기 무섭게 왜 목소리를 깔아?」

「역시 나는 네가 좋으니라.」

「응?」

「사랑한다고 말하는 것이다. 존재를 숨기고, 이나은으로서 살아왔을 때부터, 쭉. 줄곧. 계속. 저승에 돌아오고 나서도 어떻게든 잊어 보려 했으나, 어쩔 수가 없더구나. 계속 생각이 나고, 또 났다. 그건 네가 효마라는 사실을 알고 난 뒤에도 다르지 않으니라.」

「나은아! 혹시 려를 알고 있…….」

염라왕은 말허리를 잘랐다.

「그리 부르지 마라. 그건 내 이름이 아니니.」

「그럼…… 이름이 뭔데?」

「야마.」

「야…… 마?」

「그래. 야마. '처음으로 온 자'란 뜻이다.」

「야마.」

「말해라.」

「도와줄래?」

「사랑하는 사람 사이에는 그런 말을 하지 않는 것이라 들었다만.」

「……어째 남녀 사이가 바뀐 것 같은데.」

지호가 작게 투덜거리는 소리를 뒤로하고, 둘 사이에 이어진 심령이 점차 뚜렷해졌다. 환한 빛무리가 염라왕 주변을 뱅글뱅글 맴돌다가 확! 하고 커졌다.

그녀를 삼키려던 효마기는 더 이상 범접하지 못하고 한참이나 밀려나다, 끝내 어딘가에 가로막히고 말았다.

염라왕을 둘러싼 빛.

이것은 지호가 그녀에게 개방한 자신의 신위였다.

염라왕은 저승에서는 볼 수 없을 환한 빛무리 속에서 수많은 '가능성'들을 엿보고 '씨앗'을 발견했다.

「오, 이거 신입인가 보구먼?」

「되게 예쁜데? 크으! 우리 주인, 참 재주도 좋아.」

「염라왕이라니! 푸하하하하핫! 이거 재밌는데?」

수많은 신의 조각들이 그녀를 반갑게 맞았다.

염라왕은 그 많은 씨앗들 중에서 아직 주인을 찾지 못한 하나를 쥐었다.

심령이 강화되면서 둘의 영혼이 단단히 결박되었다.

예속(隷屬).

저승의 왕이나 되는 위대한 영혼이 누군가의 권속으로 떨어진다는 것은 쉽지 않은 결정이었을 테지만, 염라왕은 지금 다른 어느 때보다 기뻤다.

염라왕, 아니, 야마는 빛이 가져다주는 무한한 환희를 잔뜩 만끽하며 자신의 권능을 그 속으로 던졌다.

「고마워.」

지호의 목소리와 함께,

콰드득!

뭔가가 으스러지는가 싶더니,

쿠오오오오오오오오!

혼돈의 구슬픈 비명 소리가 지옥을, 아니, 저승을 쩌렁쩌렁하게 울렸다.

＊　　　＊　　　＊

지호는 여태 자신을 단단히 억누르던 모든 것들이 물로 씻은 듯이 사라지는 것 같은 기분이 들었다.

마치 몇십 배로 가중되던 중력이 한꺼번에 풀린 느낌.

여태 이승과는 너무나 다른 저승의 법칙 때문에 구속받았던 모든 것들이 해결되고 있었다.

「그래. 이것이지!」

「이제야 한결 편해지겠구면.」

「여태 우리도 답답해 죽는 줄 알았다네.」

신의 조각들 역시 지호의 신위가 다시 가동되는 것에 큰 기쁨을 느꼈다.

그만큼 권능이 주는 힘은 아주 컸다.

「법칙을 다스리는 힘이라?」

누군가가 툭 하고 혼잣말을 던졌다.

「단순히 '힘'이라고는 보기 힘든 것이지.」

「허허. 이걸 과연 우연이라 받아들여야 할지. 아니면 뭔가 있다고 해야 할지. 분명 반대되는 힘인데도 불구하고 너무 비슷하게만 느껴지는구면..」

「우리들의 주인이 부리는 신위와.」

'빛'은 하나의 가능성으로서 세상이라는 커다란 틀을 구성할 수 있게 한다. 그래서 지호의 신위 속은 모든 것이 가능하며 허신들이 머물 수 있는 아늑한 보금자리를 마련한다.

그런데 이 권능도 어찌 보면 그런 성질이 비슷했다.

다만, 지호의 빛이 당장은 여물지가 않아 보금자리 정도로 끝난다면, 이것은 이미 여물 대로 여물어 저승이라는 세계를 이루는 것 같다고 해야 할까?

그래.

이 권능의 성질은 달리 이리 말할 수 있으리라.

「어둠.」

빛과는 반대되지만, 역시나 비슷한 성질을 품은 '근원' 중 하나라고.

「어쩌면……!」

허신들은 그런 사실에서 어떤 느낌을 받았다.

어쩌면 이 모든 것들이 연결이 된 것이 아닐까 하는 느낌.

단순한 가설이었지만 충분히 가능한 일이었다.

하지만 지호는 그런 허신들의 생각을 읽을 겨를이 없었다.

막 구속이 풀린 힘에 다시 적응해야만 했으니.

제천대성으로서, 천마로서의 힘.

"고마워."

소요된 시간은 찰나.

그사이에 권능을 따라 강하게 연결된 야마에게 고맙다는 인사를 던졌다.

「나는 지옥을 다스리는 왕. 그런 내가 누군가에게 예속된다는 것이 무슨 의미인지 모를 리는 없을 터. 그러니 잘 싸워라.」

그러고는 통신이 두절되었다.

아마도 조금 부끄러운 모양이었다.

지호는 야마가 참 귀엽다는 생각을 하다가 문득 고개를 갸웃거렸다.

"근데 따지고 보면 내가 도우러 온 거 아닌가? 그럼 내가 고맙단 소리를 들어야 하잖아?"

지호는 고개를 갸웃거리다, 피식 웃었다.

"뭐 아무래도 상관없겠지."

입가에 맺힌 미소가 짙어진다.

송곳니가 훤히 드러났다.

"이기면 그만이니까."

지호는 손길을 뻗어 여전히 자신을 노리는 초열지옥의 한가운데를 짚었다.

명백한 적의가 물씬 풍긴다.

그중 효마기를 잡아, 그대로 세게 당겼다.

쿠오오오오오오오오!

순간, 초열지옥 전체가 부르르 크게 요동쳤다.

이미 혼돈은 초열지옥, 그 자체가 되었던 바. 지호에게 손길을 놓으라면서 광란을 부렸다. 손끝에서 반발이 심하게 느껴졌다.

망량으로 이뤄진 거인이며 융기하는 대지, 하늘에서 쏟아지는 구릿빛 쇳물, 타오르는 지옥 불도 점차 거칠어졌다.

하지만,

"이만 나오라고, 새꺄!"

그러면 그럴수록 지호의 손아귀에 단단히 잡힌 힘줄이 더더욱 굵어지더니 끝내 안쪽으로 확 잡아당겼다.

　　—안 돼에에에에에에엣!

"돼!"

곧 공간이 으스러지면서 무언가가 튀어나오더니 지면으로 곤두박질쳤다.

콰아아아아아아아앙!

울룩불룩하게 융기되었던 산들이 모조리 박살이 나는 것으로도 모자라, 거인들도 그대로 찢겨 나가고 말았다. 놈이 떨어진 자리로 어마어마한 깊이의 구덩이가 파이면서 먼지 기둥이 쉴 새 없이 솟구쳤다.

혼돈은 지면에 한참이나 처박힌 뒤에야 겨우 멈출 수 있었다. 하지만 이미 전신은 너덜너덜해져 온통 피투성이였다.

　　—이 노오오오오오오옴!

혼돈은 억지로 자리에서 일어나 거칠게 포효했다.

분노로 이성이 잠식된 그는 효마기를 잔뜩 흘리면서 울부짖었다.

감히!

감히 왕이 될 이 몸을 이렇게 만들어?

용서 못한다!

용서 못해!

콰콰콰콰콰콰콰!

혼돈은 뻘겋게 충혈된 눈으로 지호를 올려다보면서, 권능으로 다시 몇 배나 증폭된 효마기를 움직여 초열지옥을 지배하려 했다.

하지만,

—뭐지……?

그의 손길은 허무하게 허공만 스칠 뿐.

아무것도 잡히지 않았다.

분명 방금 전까지만 해도 접속되었던 힘이. 연결되었던 힘이 모두 끊어져 있었다!

—설마?

혼돈의 얼굴에 경악이 어리고,

"이제 알았냐? 멍청아?"

지호가 냉소를 흘리면서 손을 크게 휘저었다.

그러자,

쿠쿠쿠쿠쿠쿠쿠쿠!

여태 가만히 있던 초열지옥이 다시 움직였다.

바로 지호의 손아귀 아래에!

—쩬 자아아아아아아앙!

　혼돈을 둘러싼 사방에서 지상이 솟구치면서 감옥처럼 그를 덮어 갔다.

　혼돈은 발톱을 휘둘러 감옥을 부수면서 달렸다.

　하지만 초열지옥은 그를 놓치지 않겠다는 듯이 악착같이 달려들었다.

　땅이 흐물흐물 물러진다 싶더니 늪지처럼 가라앉으면서 뭔가가 불쑥 튀어나왔다. 손. 망량의 손길이 혼돈의 발목을 붙잡고자 애썼다.

　「여기 산 사람이 있다!」

　「가자, 우리와!」

　「우리랑 함께 가자.」

　「우리에게 네 영혼을 나눠 줘……!」

　　—비키지 못하겠느냐, 이 망할 것들이!

　혼돈은 돌진하면서 그런 손길을 모두 무참히 짓밟았지만, 수천만 개나 되는 손길은 꾸역꾸역 쏟아져서 그를 궁지로 몰아넣었다.

　부수면 부술수록 손길은 자꾸 늘어난다.

　아예 저쪽에서는 망량들이 자기들끼리 뒤죽박죽 섞이면서 거인이 되어 위에서부터 찍어 누르고, 이것을 헤치고 나면 이번에는 지옥 불이 치솟으면서 위협했다.

—꺼지지 못하겠느냐아아아아아아!

혼돈은 효마기를 잔뜩 방출하면서 불길을 꺼트리고자 했
지만,

콰콰콰콰콰콰!

이번에는 하늘에서 뜨거운 쇳물이 쏟아졌다.

—꺼져! 꺼져! 꺼져어어어어!

혼돈은 광기에 휩싸인 채 어떻게든 난국을 돌파하고자
했다.

하지만 지호는 끈질겼다.

쇳물로부터 달아나려 한다 싶으면 지면을 올려 감옥을
만들고, 감옥을 부순다 싶으면 망량들을 끄집어내 괴롭힌
다. 거인이 부서지면 다시 지옥 불을 꺼내고, 쇳물을 뿌려
혼돈을 계속 괴롭혔다.

혼돈이 무엇을 하든, 어디로 도망치든, 어떻게 발버둥 치
든 상관없이 초열지옥은 오로지 혼돈 하나만을 잡고자 움
직였다.

그야말로 지옥.

혼돈이 어떻게든 탈출을 시도해 보려 해도, 무한히 순회
하는 지옥은 혼돈을 점차 궁지로 몰아넣었다.

천천히, 아주 천천히.

놈의 영혼을 점차 옥죄어 갔다.

좌아아악!

거인이 휘두른 손길에 왼팔이 찢겨 나가고,

콰콰콰콰!

지옥불이 혼돈의 거죽을 모두 태워 살점이 뚝뚝 흘러내렸다.

쇳물에 한쪽 눈까지 잃으면서 발악도 점차 무뎌져 갔다.

  —헉…… 헉…… 헉……! 비, 빌어먹…… 을……!

이미 혼돈은 위풍당당했던 모습을 잃은 지 오래였다.

곰의 형체는 완전히 잃어 붉은 머리칼의 남자로 돌아갔다. 하지만 그마저도 왼팔은 뜯겨졌고, 양다리는 절뚝절뚝거렸다. 전신이 화상으로 짓눌려 보는 것만으로도 끔찍하게 느껴졌다.

덩달아 혼돈이 권능을 통해 방출하는 효마기의 양도 자꾸만 불어났다. 마치 물을 잔뜩 채운 장독대에 구멍이 나서 물이 질질 새는 것처럼.

자신이 지호에게 가하려 했던 것을, 그대로 되돌려 받는 것이다.

그러다 끝내,

퍼걱!

영혼 안쪽에서 뭔가가 쪼개졌다.

권능을 담은 구슬. 탐이 더 이상 효마기를 감당하지 못하고 금이 가 버리고 만 것이다.

　—으아아아아아악!

혼돈은 바닥에 주저앉아 비명을 잔뜩 질러 댔다.

남은 오른팔로 몸을 벅벅 긁어 댄다. 다리를 꼼지락거리면서 고통에 몸부림친다. 살가죽 안쪽에서 뭔가가 부글부글 끓으면서 금방이라도 몸이 터질 것 같았다.

그릇이 깨지면 내용물이 새는 법.

혼돈이라는 그릇에 금이 가면서 려의 파편이 새어 나오려는 것이다.

　—아, 안 돼……!

혼돈은 어떻게든 발버둥 치고자 했다.

어떻게! 어떻게 모은 파편일진대……!

왕이 될 힘이다.

려가 자신에게 남긴 유일한 유산이었다.

이것을 놓칠 수는 없었다……!

하지만 녀석이 어떻게 발버둥 치건 간에 부서진 영혼으로 어떻게 감당할 방법이 없었다.

　—꺽…… 꺽……!

그리고 그 사이,

촤르르르륵!

하늘에 허무가 곳곳에 맺히면서 쇠사슬이 내려와 누에고

치처럼 녀석을 꽁꽁 묶었다.

지호는 하늘에서 손가락을 가만히 까딱거렸다.

쇠사슬이 손가락의 움직임에 맞춰 딸려 올라가면서 혼돈이 지호 앞에 놓였다. 녀석은 사슬에 대롱대롱 매달려 춤을 췄다.

놈은 이미 인사불성이었다.

몸만 바들바들 떨고 있을 뿐.

아무런 저항이나 반항을 하지 못한다.

이런 놈이 과연 방금 전까지 그렇게 활개를 치던 사흉이라 할 수 있을까?

그럼에도 불구하고.

"놓…… 아라……! 잡것……!"

혼돈은 두 눈에 분노를 잔뜩 피우면서 지호를 노려봤다.

이대로 굴복할 것 같으냐는 눈빛.

하지만 그러거나 말거나.

"우선 좀 봐야겠어."

지호는 화안금정을 가느다랗게 좁히면서 혼돈을 자세히 살피고자 했다.

아니나 다를까.

'정말 려의 파편을 갖고 있어.'

「흠!」

「'태양이 떨어진 곳'이 이승이 아니라 저승에도 있었던 가?」

「그때는 수미산이 아직 나뉘기 전이었으니까. 충분히 가능한 일이지.」

「그렇긴 한데⋯⋯.」

「이놈은 조금 달라 보이지?」

「그래. 파수꾼 같구먼.」

허신들이 저마다 대화를 나눈다.

'파수꾼?'

지호의 물음에 허신들이 대답했다.

「왜. 있지 않은가? 과보와 소호 금천.」

「파편을 지키던 자들 말일세.」

'아.'

「이놈도 그와 비슷한 듯싶은데」

지호의 눈이 살짝 커졌다.

혼돈이 무덤을 지키고 있었다고?

「다만, 소호 금천 등과는 다르게 놈은 자신이 파편을 삼키고 있던 것이고. 허! 소호 녀석이 알면 상당히 분개를 하겠는데?」

「카아아아아아!」

「알았다. 알았어. 이놈아. 너도 화난다, 이거지?」

과보의 분노에 찬 울음소리가 들리는 듯했다.

지호는 가만히 혼돈을 응시했다.

파수꾼으로서 이 녀석은 대체 뭘 하려 했던 것일까.

'보면 알겠지.'

지호는 혼돈을 봉신하기 직전, 두 눈을 마주친 상태에서
외쳤다.

"보여라."

부르르 떨던 혼돈의 몸이 뻣뻣하게 경직되었다.

56장

동맹(同盟)

혼돈의 영혼을 해체시키는 것은 손쉬웠다.

녀석은 이미 권능에 먹힐 대로 먹힌 상황.

누더기가 된 겉면만 제치고 나면 바로 안쪽이 보일 터였
다.

아니나 다를까.

지호는 혼돈의 영혼 깊숙한 곳에 내재된 려의 파편을 찾
을 수 있었다.

이제 그에겐 아주 익숙한 기운.

지잉. 지잉.

영혼이 공명했다.

「정말 파수꾼이었군.」

「허! 파수꾼이나 되었을 정도라면 려를 그토록 따랐다는 뜻일 텐데. 왜 이런 길을 택한 것이지?」

지호도 그 부분이 궁금했기에 려의 파편으로 손을 가져갔다.

그 순간, 수많은 기억들이 대거 쏟아졌다.

사흉이 왜 마해로 갔으며 거기에서 뭘 하고 있는지. 손오공과 어떤 싸움을 벌이고 있는지.

마신들이 반고를 깨우려는 이유는 무엇인지.

려의 파편이란 대체 무엇인지.

파수꾼이 되어 왜 등을 돌렸는지.

「하지만 대개 단편적인 사고(思考)들뿐이로군.」

「이런 조각난 것들로는 뭔가 읽어 내기 힘들겠어.」

「주인. 조금만 더 파고들어 가 보게.」

'예. 알겠습니다.'

허신들의 말마따나 이걸로는 정확한 전후를 읽어 내기가 힘들 것 같았다.

지호는 아예 기억을 복구시키기 위해 녀석의 영혼 깊숙한 곳으로 손길을 뻗었다. 아예 파편을 회수해서 분석에 들어갈 참이었다.

혼돈의 무의식. 심연 깊숙한 곳으로 파고든다.

끝내 손길이 려의 파편에 닿았을 무렵.

그 순간,

화아아악!

여태 축 늘어져 있던 혼돈이 고개를 치켜들었다.

그리고 눈동자에 빛망울이 맺히더니 어느새 금색으로 물들었다.

화안금정!

"……!"

갑자기 일어난 알 수 없는 변화에 지호의 눈이 커지는 순간,

　　　—누가, 나의 잠을, 깨우는가?

누군가의 목소리가 머릿속을 울렸다.

　　　—어찌하여, 나를, 깨우는가?

다시 한 번 되묻는 목소리.

깊은 잠에 들었었는지 아주 미약하다.

하지만 목소리 음절 하나하나에 실린 힘이 무거웠다.

마치 심장을 꽉 조이듯. 영혼을 짓누르듯. 목소리는 저절

로 주눅 들게 하고, 등골이 오싹해지게 만드는 위엄에 가득
차 있었다.

　이것은 절대 혼돈의 것이 아니었다!

　하지만 이런 것으로 주눅이 들 지호는 아니었다.

　그를 당혹케 하는 이유는 따로 있었다.

　「서, 서, 설마!」

　「그럴 리가! 그럴 리가 없지 않은가!」

　허신들 역시 당황하는 기색이 역력했다.

　목소리가 아주 익숙했기 때문에.

　—왜, 대답이, 없는가?

영혼이 찌르르 울린다.

지호는 살짝 떨리는 음색을 누르며 물었다.

　"어떻게…… 의식을 찾은 거지?"

　—넌…… 그렇군. '나'로군. 아니. '나' 중 하나
로군.

려.

그가 말을 하고 있었다.

「마, 말도 안 돼!」

「어떻게, 어떻게……!」

허신들의 경악을 읽은 것일까.

―익숙한, 얼굴들이로군.

려는 가볍게 웃음을 터뜨렸다.

하지만,

'뭔가 결여되어 있어.'

지호는 상대가 려이되, 려가 아닌 것 같다는 생각을 하게 되었다.

단편적으로나마 자신이 알고 있는 려는 통천교주의 꿈속에서 봤던 자다. 싸움에 있어서는 물불을 가리지 않지만, 동료들을 끔찍하게 사랑했던 사람. 적에게는 가차 없지만, 마음만은 따뜻했던 사람.

그러나 지금의 모습은 오로지 분노로 가득 차 있다.

마치,

'다문천왕을 상대했을 때처럼.'

그때 지호의 심연에서 튀어나왔던 모습이 이와 비슷하지 않을까?

—여기까지, 온 것만으로도, 대단하다. 나의,
　조각. 하지만, 지금은, 아니다.

"뭐?"

　　—지금은, 아니야…….

그 목소리를 끝으로,
스스스.
갑자기 혼돈의 영혼이 흐려지기 시작했다.
아니, 정확하게는 '혼돈'이라는 형체를 이루고 있던 기
운이 흩어졌다. 려의 파편도 신기루처럼 사라지려 하고 있
었다.
「뭐지, 이건? 영혼이 해체된다고?」
「아냐. 그런 게!」
「설마……?」
'분신!'
지호는 쇠사슬을 더욱 옥죄면서 기운을 방출해 혼돈을
붙잡으려 했지만,
촤르르르르르—
이미 혼돈은 완전히 종적을 감춘 뒤였다. 쇠사슬은 허망

하게 아무것도 없는 공간만 옥죄었다.

"……."

마치 아무 일도 없었다는 듯.

폐허가 된 초열지옥만이 덩그러니 남아 버렸다.

「대체 무슨 일이…….」

「아니, 그보다 려가 나타나지 않았나! 려가! 이게 가능한 일인가 말이네!」

「가능하고 가능하지 않고가 문제가 아니야. 이미 나타났다는 게 중요한 게지. 문제는 어찌 파수꾼에게서 고개를 든 거지? 때가 아니라는 말은 또 무엇이고!」

「제길 뭐가 대체 어떻게 돌아가는 거지?」

문득 그런 생각이 들었다.

'오공이 사흉을 쫓은 것과도 관련이 있을까?'

지호는 이런저런 생각으로 복잡한 눈을 하다 끝내 흑승 지옥으로 돌아갔다.

결국 많은 의문만 남긴 채.

*　　*　　*

마해.

지옥보다도 더 아래에 위치한 세상의 밑바닥.

"헉……! 헉!"

괴상한 수풀만이 우거진 곳에서 혼돈이 헛바람을 들이켜며 눈을 떴다.

그는 바닥을 부여잡고 토악질을 했다.

"우웩! 우웨에에엑!"

따로 먹은 것이 없어서 위산만 역류한다.

아니, 그마저도 막으려면 막을 수 있을 테지만, 이렇게라도 하지 않으면 혼돈은 정말 정신을 수습할 수가 없을 것 같았다.

'제길! 제기이이일!'

한낱 파편 따위에게 이렇게 농락당했다는 사실이 그의 자존심을 처참하게 뭉개 버렸다.

분신이었다고 하나, 그걸 다룬 건 자신이었기에.

"음, 왜 그러나? 상태가 안 좋아 보이는데."

그때 풀숲을 헤치며 누군가가 나타났다.

길쭉한 몸에 중후한 인상을 지닌 사내.

다른 사흉과 다르게 눈빛이 침착하다.

도올 곤.

그는 사흉의 수장이라고까지 할 수는 없지만, 나이가 제일 많은 연장자라 다들 존경해 주는 편이었다. 성격이 가장 유한 편이기도 했다.

"······신경 쓰지 마."

"그렇군. 흑승에서의 일이 잘 풀리지 않은 건가?"

"읽지 마!"

"뭐. 꼭 읽으려고 그런 건 아니네만."

도올은 쓰게 웃으면서 말을 이었다.

"자네라면 왠지 호기심에라도 등환처에 한 번쯤은 가 볼 것 같았거든."

"······."

혼돈은 더 이상 말하기 싫다는 듯 입을 꾹 다물었다.

그럴수록 도올의 쓴웃음은 더 커졌다.

마해에서의 일이 풀리기 전까지 천마와 직접적으로 접촉하지 않는다. 그것이 사흉 내 불문율이었건만.

'그러니 저렇게 파편에 휩쓸린 것이겠지만.'

도올의 눈에는 혼돈을 따라 흐르는 효마기의 잔재가 명확하게 보였다.

이전보다 훨씬 짙어진 형태.

파편을 꺼낸 게 틀림없었다.

하지만 굳이 도올은 그 사실을 지적하지 않았다.

괜히 잔뜩 성난 놈을 건드려 봐야 불난 집에 부채질하는 꼴밖에는 되지 않을 테니.

"그보다 움직일 수 있겠나?"

"왜?"

혼돈은 돌아온 지 얼마나 되었다고 또 부르냐 따지고 싶은 눈치였지만,

"또 무덤이 발견되었다는군. 이번 건 제천대성도 읽은 것 같으이."

"……제길."

이미 손오공 역시 속도에 박차를 가하고 있는 바.

이대로 밀릴 수는 없는 노릇이니, 혼돈은 이를 바득바득 갈면서 일어나야만 했다.

"걸을 수 있겠나? 부축해 줄까?"

"필요 없어!"

혼돈은 이 화를 다 풀어 버리겠다는 듯 성큼성큼 걸음을 옮겼다.

도올은 그런 녀석의 뒷모습을 보다 혀를 찼다.

"쯧! 저래서야 앞으로 힘들어지기만 할 것인데."

그는 뒷짐을 지며 혼돈의 뒤를 따랐다.

그리고 잠시 후.

쿠어어어어어어!

닥치는 대로 마물들을 학살하는 혼돈의 모습을 볼 수 있었다.

　　　　*　　　*　　　*

　지호가 등환처로 되돌아 왔을 때.

　—지호야아아아!

　크게 똬리를 틀고 있던 청룡이 크게 반색하면서 달려왔다.

　덩치도 집채만 한 놈이 달려드는 것이 무서울 법도 하건만. 지호는 손을 뻗어 비비적거리는 녀석의 턱을 마구 쓰다듬어 줬다.

　"말 잘 듣고 있었어?"

　—응! 응! 성이 잘 있었어!

　"역시 우리 성이, 착하네?"

　—헤헤헤. 맞아. 성이 착해!

　청룡은 한참 더 애교를 떨다가 여의봉으로 돌아갔다.

　지호는 여의봉을 챙기고 등환처 한가운데에 착지했다.

　와락.

　누군가가 가슴에 폭 안겼다.

　"아무래도 오늘은 내가 인기가 아주 터지는 날인 것 같은데?"

　지호는 능글맞게 웃으면서 품에 안긴 야마를 가만히 쓰다듬었다.

겉으로 그렇게 센 척해도 역시 사람은 크게 바뀌지 않는 걸까.

이런 모습을 볼 때면 꼭 이나은이 생각났다.

야마는 가슴에 박혀 도통 고개를 떼지 않았다.

그러다 지호는 뒤늦게 깨달았다.

가슴팍이, 젖고 있었다.

"너?"

"……잠깐만. 잠깐만 이렇게 있어 다오."

뭔가를 억누르는 듯한. 목멘 목소리.

지호는 그제야 등환처를 볼 수 있었다.

하늘 위로 망령들이 떠오르다 사라지고 있었다.

모두 혼돈의 효마기에 휩쓸렸던 이들.

저승은 영혼들이 머무는 장소. 당연히 여기서 죽는다는 건 소멸을 의미했다. 윤회의 고리에서 완전히 탈락한다는 뜻.

야마로서는 자신의 곁을 끝까지 지켜 줬던 이들을 저대로 허망하게 보내야 한다는 사실이 비참하게만 느껴지는 것이리라.

등환처는 그것만이 문제가 아니었다.

이미 통천교주의 군세를 맞닥뜨렸을 때부터 삐거덕거리고 있었다.

그러다 혼돈이 휩쓸고 지나면서 터진 것이고.

망가진 성채며 눈물을 흘리는 병사들, 황폐화된 대지까지.

전부 지호의 가슴에 화인처럼 틀어박혔다.

지호는 가만히 그것을 보다,

'가능할까?'

뭔가를 다짐하듯 야마를 강제로 물렸다.

"잠깐만."

"……뭘 하려고?"

"그냥 봐 봐."

지호는 그녀를 달래듯 머리를 손으로 쓰다듬어 주고 앞으로 나섰다.

그리고,

파아아앗!

그의 형체가 사라지면서 신위를 이루고 있던 기운 전체가 등환처에 고루 퍼졌다.

마치 이승에서 천산을 되살렸을 때처럼.

"이건……?"

야마는 자신을 안아 주던 지호가 갑자기 사라지자 화들짝 놀라 고개를 들었다.

분명 모습은 보이지 않건만.

이상하게도 지호의 시선이 곳곳에서 느껴졌다.

그리고 아늑했다.

마치 여전히 지호에게 안겨 있는 것처럼.

그건 다른 이들도 같은 느낌이었는지 눈을 동그랗게 뜨면서 주변을 홱홱 둘러봤다.

그 순간,

지이잉!

심장 부근이 찌르르 울리면서,

찰칵!

뭔가가 연결되는 소리가 들렸다.

"어?"

"어, 어어?"

그리고 사람들은 시야가 확 트이는 듯한 느낌에 눈이 더 커졌다.

자타(自他)를 구분하는 벽이 허물어지면서 나와 남이 구분되지 않는, 서로의 마음을 들여다볼 수 있는, 의식 공유체가 만들어졌다.

그들은 지호의 품속에 있었다.

지호는 등환처를 뒤덮으며 그 속에 있는 모든 숨결들을

하나하나 느꼈다.

이미 천산에서 한 번 해 본 일을 반복하는 것이라 크게
어렵지는 않았다.

「이, 이건 뭐지?」

「천마! 천마야! 천마가 등환처가 되었어!」

「어, 어떻게 이런 일이?」

사람들은 지호의 의식을 공유하면서, 여러 사람들과 연
결된다는 신기한 현상에 놀라워했다.

「그대는, 이런 느낌으로 살아가고 있구나.」

야마가 작게 중얼거리는 게 느껴진다.

지호는―비록 얼굴은 없지만― 싱긋 웃으면서 방향을 다
른 곳으로 돌렸다.

등환처를 떠나려 했던 망령들에게로.

「아아, 원통하고 또 원통하다!」

「이대로 떠나야만 하는가?」

「주군을…….」

「대왕을 지키지 못한 것을!」

그들은 모두 이대로 떠나야만 한다는 사실에 안타까움을
품고 있었다.

이들 모두가 야마를 기리는 마음이 갸륵했다.

소멸을 하면서까지도 두려워하거나 원망하기는커녕 그

녀와 저승의 안위를 걱정하고 있으니.

지호는 이미 이곳에 있는 산 자와 죽은 자를 모두 한눈에 들여다보는 신이었다.

저들도 신의 일종이니 신중신(神中神)이라고 따로 불러야 할까?

이미 야마가 그의 권속 하에 있기에 이를 통해 저들을 내려다보는 것도 어렵지 않았다. 그리고 이제 권능을 부릴 수 있기에 저승의 법칙을 사용하는 것도 전혀 어렵지 않았다.

'너희들의 소망, 지켜 주마.'

지호는 그들에게 '빛'을 베풀었다. 부상자들이며 다른 이들에게도 전부.

"어어어?"

"모, 몸이 낫는다?"

부상자들은 저절로 아무는 흉터와 상처를 보면서 크게 놀랐다.

부상은 없더라도 계속된 전쟁으로 지쳐 있던 병사들 역시 몸에 충만하게 차오르는 활력에 눈을 동그랗게 떴다.

하지만 그들을 정말 놀라게 한 것은 따로 있었으니.

"위안!"

"천조, 감수, 낭아! 자네들이 어떻게……?"

흐릿하게나마 나타나 형체를 되찾는 사람들.

분명 방금 전에 그들의 품에서 눈을 감았던 동료들이 아닌가!

"내가 어째서 살아 있는 거지?"

살아난 이들도 어안이 벙벙했다.

그러다 영혼에 닿는 손길의 주인이 지호란 걸 깨닫고 탄성을 터뜨렸다.

"아아! 천마, 당신이구려!"

"천마, 당신이라는 사람은 대체……?"

이적은 계속해서 일어났다.

그들이 디디고 있던 땅이 크게 들썩이면서 전투로 폐허가 되었던 부분이 다져지고, 그 위로 녹색 물결이 올라와 등환처 전체로 퍼졌다.

지옥에 어울리지 않게 풀이 자라고, 꽃이 만발한다.

후끈했던 공기 대신 상쾌한 바람이 불면서 등환처가 탈바꿈을 시도했다.

그리고 등환처를 맴돌던 이적은 계속 확장을 시도했다. 지호의 기운이 팽창할 때마다 대지는 녹색 물결로 덮이고, 하늘은 푸른색으로 개었다.

사람들은 이승에서 살았을 때나 볼 수 있었던 하늘을 보고 감탄을 터뜨리면서도 흑승지옥 자체를 뒤바꾸는 지호의 능력에 감탄을 금치 못했다.

"이렇게 만들어 버리면 누가 앞으로 이곳을 지옥이라 부를까?"

야마는 어이가 없었는지 허탈하게 중얼거렸다. 하지만 그녀의 입가에도 미소가 감돌았다.

흑승지옥이 개편될수록 그녀의 힘도 서서히 되돌아왔으니.

그리고 그때 다른 누군가가 나타났다.

통천교주의 군세와 싸우면서 죽었던 이들.

만여 명에 달하는 병사들이 망령에서 망량으로, 그리고 다시 육체를 가진 몸으로 하나둘씩 나타났으니. 마치 시간의 태엽을 거꾸로 돌리는 것처럼 죽은 자들이 계속 되살아났다.

병사들은 밖으로 뛰쳐나가 되살아난 이들과 함께 부둥켜안고 눈물을 터뜨렸다.

곳곳에서 환희가 잔뜩 퍼지고.

그들이 내뿜는 감정이 더더욱 지호의 의식을 강화시키면서 끝내 흑승지옥 전체에 걸쳐 힘을 고루 뻗는 데에 성공했다.

철칵!

또 한 번 뭔가가 맞물리는 소리가 들렸다.

그 순간, 야마는 확실하게 느낄 수 있었다.

등환처만이 아닌 흑승지옥 전체가 지호의 권역(眷域)으로 지정되었다는 것을.

그리고 그에 발맞춰 야마 역시 힘이 되돌아왔다.

"……역시 이 이상은 안 되나?"

그때 야마는 뒤에서 지호의 목소리가 들리자 몸을 반대로 돌렸다.

지호가 손가락으로 볼을 긁적였다.

이것밖에 해 주지 못해 미안하다는 듯이.

"미안. 될 수 있는 대로 많은 사람들을 구하고 싶었는데 혼이 흩어진 사람들은 힘들……!"

지호는 말을 더 잇지 못했다.

어느덧 야마가 그에게 폭 안겨 있었다. 다시 가슴팍에서 눈물자국이 번진다.

하지만 아까 전과는 느낌이 달랐다.

지호는 피식 웃으면서 그녀의 머리를 조용히 쓰다듬었다.

"하여간 눈물 많다니까."

*   *   *

등환처는 빠른 속도로 정리되었다.

산 자와 죽었던 자가 같이 선 모습은 묘한 느낌을 풍겼다. 하지만 그들이 웃는 모습을 보고 있으니 야마의 입가에서도 미소가 떠나질 않았다.

"음."

하지만 궁궐의 창밖을 내다보던 야마는 작게 침음을 흘렸다.

"왜 그래?"

지호는 맞은편에서 차를 마시다 고개를 갸웃거렸다.

"이제 자리를 내려놓는 게 좋을까 싶어서."

"자리를? 왜? 갑자기 회의감이라도 든 거야?"

지호가 화들짝 놀랐다.

오랜 싸움으로 그녀도 심신이 많이 지쳤을 수 있었기 때문에.

하지만 야마는 그를 보며 짓궂게 웃었다.

"그대가 죽은 자들도 이렇게 되살려 내는데, 앞으로 내가 할 일이 있을까?"

"아. 그거?"

지호도 따라서 웃었다.

"나라고 해서 전부 가능한 건 아니야. 어디까지나 너의 권능을 빌릴 수 있었으니까 그런 거지. 그리고 그걸 계속 반복할 수 있는 것도 아니고."

지호가 손을 댈 수 있었던 건 한이 깊어 쉽게 혼이 흩어지지 않았던 이들에 한정되었을 뿐.

그런 이들이라 해도 시간이 지나면서 대부분 소멸해 버린 상태였고, 남은 이들은 생전에 영력이 강했던 자들밖에 없었다.

무엇보다 야마의 권능도 쓸 수 있었으니.

아마 두 번 하라고 하면 쉽지 않을 것이다.

한 번 죽음을 경험했던 이들이 대부분이니 더 이상은 영혼이 버티지 못할 것이고, 이를 시도하려면 적의 방해도 없어야 할 테니까.

하지만 그것만으로도 '부활'이라는 힘은 아주 큰 것이었다.

'그새 신위가 더 커졌어.'

지호는 부쩍 증가한 힘을 느꼈다.

아마 빛이 닿지 않은 저승에 처음으로 빛을 가져왔기 때문일까.

무엇보다 등환처럼 흑승지옥에 걸쳐 수많은 것들이 손끝에서 느껴졌다. 가볍게 부는 바람, 웃는 사람들, 살랑이는 풀잎이며 꽃잎, 꿈틀거리는 흑승지옥의 의지.

이미 지호는 흑승지옥, 그 자체라 할 수 있었다.

거기다 야마의 능력까지 있으니, 곧 이 힘을 지옥 전체에 걸쳐 투사(投射)할 수 있으리라.

"그보다."

지호는 머릿속으로 생각을 정리하며 찻잔을 내려놓으면서 야마에게 물었다.

"이제 어떻게 할 거야?"

야마의 눈이 깊어진다.

탁.

찻잔이 가볍게 놓였다.

"나는 아무래도 병력과 지옥을 관리하는 데 집중해야 할 것 같다."

"역할을 분담하자는 거지?"

야마는 내실을. 지호는 바깥을.

이제는 반격을 위한 준비를 해야 했다.

"그래. 몸이 많이 나았다고 해도, 아직은 약하니까."

"그럼 앞으로 해야 할 걸 말해 줘."

야마는 허공에다 손을 가볍게 흔들었다.

그러자 주변 공간에 파문이 일면서 시야가 확 바뀌었다.

마치 하늘에서 지상을 굽어보는 것처럼, 저승의 전역이 발아래에 한눈에 내려다보였다.

덕분에 시작점인 삼도천에서 끝점인 지옥까지, 넓어도 너무 넓은 저승의 전역이 한눈에 폭 담겼다. 이승과 다른 점이 있다면 저승은 둥글지 않고 평평하다는 것.

야마가 손가락을 까딱거리자, 끝점에 위치한 지옥의 일부가 푸른색으로 빛났다.

"이 지점이 내 힘이 닿는 권역이고."

다시 한 번 검지를 움직이니 지도 전체에 걸쳐 붉은색이 일어났다.

"이 넓은 곳이 통천교주의 영역이다."

"많네. 아주."

어림잡아 붉은색이 차지하는 비율이 8할.

반면에 푸른색은 1할.

그렇다면 남은 1할은?

"두 곳이 비는데?"

지호는 저승에서도 동서쪽 한 귀퉁이에 위치한 반도(半島)와 가장 북쪽 끝의 섬을 가리켰다.

야마는 고개를 주억거리면서 다시 손가락을 까닥였다.

반도는 녹색, 섬은 하얀색으로 나타났다.

"녹색은 진광왕, 하얀색은 오도전륜왕이다."

"아직 통천교주에게 넘어가지 않았다던?"

"겉으로는 동맹이라고 알려져 있으나, 내부는 그리 순조롭지 않은 것 같다고 들었다."

"들었다?"

"확실하지는 않아. 애초 둘은 내 밑에 있을 때에도 가장 말을 듣지 않던 자들이기도 하니."

지호는 그럴 만하다는 듯 고개를 끄덕였다.

"그럼 우선 이들부터 공략을 해야겠네. 동맹은 많으면 많을수록 좋을 테니까."

야마의 안색이 살짝 어두워졌다.

"그리 쉽지는 않을 거다. 이쪽에서도 숱하게 사람을 보내고 했지만 그때마다 제대로 된 대답은 들을 수 없었어…… 특히 오도전륜왕은 더더욱."

지호는 둘에 대해서 들었던 말을 떠올렸다.

진광왕은 힘을 숭상하고, 오도전륜왕은 속을 짐작키 힘들다던가?

'어? 내가 이 말을 어디서 들었지?'

지호는 문득 든 생각에 고개를 갸웃거렸지만 곧 머리를 털었다.

"괜찮아. 나도 말로 할 생각은 없으니까."

"음?"

"그렇잖아? 절교가 언제 극락을 함락시키고 마해로 건너갈지 모르는 판국에 어느 시간에 설득을 해? 일단 쥐패면 알아서 말 듣겠지."

야마가 눈을 동그랗게 뜨는 동안, 지호는 송곳니가 훤히 드러나라 씩 웃었다.

그리고,

화아아악!

두 눈이 화안금정으로 화려하게 빛나면서 '무언가'를 직시했다.

심령으로 연결된 야마와 병사들의 기억 조각들을 모으고 모아 여태 본 적도 만난 적도 없던 진광왕의 얼굴과 기운을 떠올려 인물을 확정하고, 그 힘이 느껴지는 곳을 찾아 의지를 내뻗었다. 그런 작업은 오도전륜왕에게도 똑같이 반복했다.

의지는 효마기가 되어 공간을 관통한다. 저승의 하늘을 가로지르고 또 가로지르다, 이내 두 왕의 머리 위에 멍울을 맺는다.

마치 지호는 그곳으로 직접 건너간 것처럼. 진광왕이 머무는 반도, 녹반도와 오도전륜왕이 휴식을 취하던 섬, 백왕구를 한 번에 들여다봤다.

거인이 높이 치솟아 지상을 굽어보듯이. 신이 하계를 내려다보듯이.

지호는 신보다도 더 위에 올라서서 그들을 응시했다.

진광왕과 오도전륜왕도 어떤 '시선'을 느꼈는지 고개를 위로 들었다가 믿을 수 없다는 얼굴로 두 눈을 부릅뜨고 말았다.

'무, 뭐야, 이건!'

'허무라니! 이게 갑자기 여기서 왜!'

두 왕의 경악을 뒤로하고,

"열려라."

지호는 신의 목소리를 빌어 두 왕의 머리 위로 허무를 크
게 열었다.
촤르르르륵!
쇠사슬이 일어나 두 왕에게로 쏟아졌다.

*   *   *

녹반도.
저승의 동쪽 끄트머리에 위치한 반도.
이곳에는 언제나 진광왕이 성채를 두른 채 밖으로 일절
나오지 않았다.

그는 의욕적이고 다혈질적이며, 신경질적인 성격과 다르게 한창 바쁘게 이뤄지고 있던 '땅따먹기'에 대해서는 일절 관심도 두지 않았다.

자신이 가장 먼저 반란을 일으킨 주체임에도 불구하고.

"내가 왜 남의 말을 듣고 살아야 하는 거지? 그게 아니꼽다면 날 강제로 눌러 보던가."

진광왕은 언제나 그렇게 코웃음을 쳤다.

그래서 염라왕이 통천교주에게 거의 죽을 뻔했다는 말을 들었을 때에도, 천마가 삼도천을 건너면서 초강왕과 송제왕을 잡았다는 소식을 접했을 때에도 심드렁했다.

아니, 오히려 비웃었다.

"저승은 갈수록 더 시끄러워지겠구나."

진광왕은 자신이 그런 소란을 일으킨 장본인이어서인지 일절 싫은 기색이 없었다.

"그래. 이래야 저승답지."

온갖 망자와 유령들이 모여드는 세계, 저승.

진광왕은 그런 저승이 질서 있는 게 보기 싫었다.

이런 곳일수록 더더욱 혼탁하고 소란스러워야 뭔가 재미난 일이 있어도 있지 않겠는가.

그리고 그래야만 자신이 날뛸 공간도 많아졌다.

"히잉, 저희들을 두고 어디로 한눈파시는 거여요?"

"저희들이 무슨 실수라도 하였나요?"

진광왕은 귓가를 왱왱 울리는 코맹맹이 소리에 상념에서 깼다.

반나체를 한 여인 열댓 명이 그를 바라보고 있었다. 애교 섞인 모습과는 달리 눈가에는 두려워하는 기색이 역력했다.

만약 자신들이 실수를 한 것이라면 목숨을 내놓아야만 했으니까.

"아무것도 아니다. 계속해라."

여인들은 다시 진광왕의 몸 위에 올라타 가슴을 핥고 손가락을 매만졌다. 어떤 여인은 포도를 꿀에다 적셔 그의 입에 떠 먹여 주기도 하고, 어떤 여인은 몸 침대가 되어 진광왕이 편하게 있을 수 있게 했다. 퇴폐적인 분위기가 물씬 풍겼다.

진광왕은 여인으로 이뤄진 침대와 이불 속에 파묻혔다. 그들이 주는 쾌락을 당연시 여기며 아래쪽을 내려다보았다.

거대한 홀을 따라 저 밑에는 사자처럼 생긴 거대한 마물과 어떤 망자가 싸움을 벌이는 중이었다.

척 보기에도 망자가 누더기가 된 상태.

살아날 구석이 전혀 없었다.

그래도 망자는 정해진 시간 이상만 버틴다면 살려 준다는 진광왕의 약속을 철석같이 믿었다. 한낱 오락거리 신세로 전락했지만 어떻게든 버티기만 하면 살 수 있을 거라 생각했다.

하지만,

"음, 재미없군. 그래도 딴에는 서우화주에서 꽤 유명한 전사였다고 하더니. 치워."

진광왕이 심드렁하게 말하자, 망자를 여태 유린하던 마물의 행동이 더 빨라졌다.

크와앙!

아가리를 쩍 벌리며 덥석 망자의 어깨를 물었다.

"이, 이건 약속과 다르……! 으아아아악!"

마물은 망자의 팔을 와그작 씹어 먹고, 복부에 주둥이를 붙이며 가장 맛있는 내장을 뽑아 마셨다.

콰득. 콰드득.

살점이 으스러지고 사람이 통째로 뜯어 먹히는 광경은 끔찍하기 이를 데 없었다.

진광왕에게 열중하던 시비들은 두려움에 부르르 몸을 떨었지만 누구 하나 소리를 지르지 않았다. 진광왕의 흥을 깨고 소멸된 이들이 어디 한둘이던가.

그사이 무대 위로 다른 망자가 강제로 떠밀려 나타났다.

아직 허기가 덜 채워진 마물과 어떻게든 살아남기 위한 망자가 아등바등거리며 싸우는 그때,

"대, 대왕이시여!"

갑자기 문이 벌컥 열리면서 신하, 대산류가 부리나케 달려왔다.

그는 진광왕이 나체란 사실을 알고 황급히 고개를 숙였다. 익숙한 광경이었지만 그도 폭군인 주군을 어려워하긴 매한가지였다.

"무슨 일이냐?"

진광왕은 자신의 유희를 방해한 수하에게 인상을 찡그렸다.

"그, 그것이 밖에……!"

"밖에?"

진광왕이 뭐라고 하려던 차였다.

콰아아아아아앙!

갑자기 성채 전체가 울렸다.

"절교가 벌써? 아니. 지금은 그럴 정신이 없을 텐데? 누가?"

진광왕은 인상을 살짝 찡그리면서 여인들을 밀치고 일어나 웃옷을 대충 둘렀다. 그 순간, 충격이 한 번 더 가해졌다.

콰콰콰콰쾅!

그러면서 박살이 난 천장.

그 위로 시커멓게 변한 하늘이 보였다.

"설마?"

진광왕은 뭔가 이상하게 돌아가는 것 같다는 생각에 지붕 위에 올라서서 하늘을 올려다봤다.

아니나 다를까.

하늘은 붉은색이 아닌 칠흑색으로 변해 있었다.

툭하면 저승의 하늘을 물들이곤 하는 통천교주의 악몽이 아니었다.

이건 그보다 더 근본적이고, 모든 걸 삼키는 무저갱이었다.

허무.

저것이 대체 왜 여기에!

하지만 진광왕이 놀란 이유는 따로 있었으니.

허무 너머로, '무언가가' 자신을 주시하고 있었다.

마치,

"옥황상제?"

오래전에 자신과 거래를 하다가 훌쩍 사라진 녀석 같았다.

이승과 저승의 법칙을 깨뜨리고, 절지천통의 한계를 넘

어서서, 어딜 가더라도 꼬리처럼 따라붙기만 하던 그 끈적
끈적한 시선과 전지(全知)와 전능(全能)의 힘은 아직도 잊을
수가 없었다.

하지만 염라왕이 몰락한 후로는 한 번도 나타나지 않았
던 게 지금 여기는 왜?

"대체 뭐냐고, 이건!"

그러나 진광왕의 생각은 오래가지 않았다.

"열 려 라."

좌르르르르륵!

갑자기 하늘에서 쇠사슬이 한 다발로 쏟아졌다.

바로 자신을 향해!

"이 빌어먹을 것이!"

진광왕은 짜증이 단단히 났다.

옥황상제는 여태 살면서 그가 염라왕 이상으로 증오했던
자. 그런 놈의 느낌을 나게 하는 녀석은 절대 살려 둘 수가
없었다.

무엇보다 이제 대업이 얼마 남지 않은 자신을 방해하는
건 절대 용서치 못했다.

콰콰콰콰콰콰콰!

진광왕은 자신이 왜 한때 명부시왕 중에서 첫 번째 관문을 맡았으며 어떻게 최강이라 불렸는지를 보여 주려는 듯, 거센 기세를 내뿜었다.

그에게서 뻗쳐 나간 기세는 공간을 마구잡이로 할퀴면서 쇠사슬을 부수려 했지만,

"내려라."

하늘에서 울리는 거대한 목소리와 함께,

우르르르르, 콰콰콰콰콰쾅!

눈이 멀 정도로 벼락이 쉴 새 없이 빗발치면서 진광왕의 기운을 모두 부숴 버렸다.

"무, 뭐야, 이건!"

진광왕은 무언가 잘못되었다는 생각이 들어 저항을 해 보려고 했지만,

촤촤촤촤악!

어느새 화살처럼 쏘아진 쇠사슬이 진광왕의 목을 세게 감아 버렸다.

"놔, 놓으라고!"

진광왕은 손에 핏대를 잔뜩 세워 쇠사슬을 뜯으려고 했지만 사슬은 꿈쩍도 않았다.

결국 녀석은 대롱대롱 매달린 채로 하늘로 딸려 올라갔다.

좌르르르르르륵!

"대, 대왕!"

"아, 안 돼에에에에!"

수하들이 뒤늦게 진광왕을 붙잡아 보려 했지만, 이미 그는 저만치 상공으로 까만 점이 되어 사라진 뒤였다. 이윽고 하늘을 물들이던 허무도 언제 있었냐는 듯이 조용히 사그라졌다.

*   *   *

지호는 손에 잡힌 쇠사슬을 안쪽으로 잡아당겼다.

역시나 공간을 격(隔)하고 그 너머에 있는 물체를 잡아당기는 인력의 힘이었다. 마치 컨테이너 벨트처럼 쇠사슬이 부드럽게 움직이다 끝내 공간이 찢어지면서 두 물체가 낚싯줄에 걸린 물고기처럼 딸려 왔다.

"놔! 놓으란 말이다!"

"……."

진광왕은 여전히 버둥거렸고, 오도전륜왕은 두 눈만 크게 뜰 뿐 가만히 가부좌를 틀고 있었다.

"마치…… 상제 같군."

야마의 눈꺼풀이 파르르 떨렸다.

제자리에 앉아 천 리를 내다보고 천 리를 뜻대로 다스린다.

분명 신이라면 충분히 가능해야 할 일이다.

하지만 실제로 그런 걸 해내는 자는 거의 없었다.

속박된 신위가 있어 거기에 한계를 가질 수밖에 없기에.

그런 것이 가능한 이는 단 하나.

옥황상제.

제자리에 앉아 만물을 조종하는 그가 아니면 누가 가능할까.

그런데 지호도 빛이 닿는 곳은 모두 뜻대로 다룰 수 있다는 듯, 저승의 법칙에서 해방되자마자 바로 그런 힘을 선보였으니.

야마는 지호가 품은 힘이 자신이 예상했던 것 이상으로 대단할지도 모른다는 생각을 했다.

"여, 염라! 이게 전부 네년의 지…… 컥!"

그때 진광왕이 야마를 발견하고 잔뜩 성을 내면서 달려들려고 했지만, 지호가 먼저 녀석과 연결된 쇠사슬을 세게 잡아당겼다.

"시끄러."

"네…… 놈……! 쿨럭!"

진광왕은 싸늘하게 자신을 내려다보는 지호를 보면서 성을 내고 싶었지만 그럴 힘이 없었다. 목을 감고 있는 쇠사슬이 모든 힘을 빼앗는 듯했다.

"꼭 하고 있는 꼴이 개 목걸이 같네."

"죽…… 여…… 버리겠……! 크윽!"

진광왕이 두 눈에 광기를 드러내며 이를 드러냈지만,

퍼억!

지호는 가차 없이 녀석의 턱을 발로 세게 걷어찼다. 턱이 부서지면서 부러진 이 몇 개가 밖으로 튀었다.

"너……!"

"입 닥쳐."

"……!"

진광왕은 모멸감에 뭐라고 소리를 치고 싶었다.

하지만 말이 나오지 않았다.

금색으로 빛나는 지호의 눈.

그것을 보고 있노라니 영혼이 낱낱이 찢기는 느낌이 들어 숨이 턱 하고 막혔다.

등골이 오싹했다.

공포.

진광왕은 태어나 처음으로 위험하다는 사실을 깨달았다.

놈은 자신들과 격(格)이 달랐다!

"마음 같아서는 그 주둥이 찢어 버리고 싶은 걸 겨우 참고 있는 거니까. 조용히 있는 게 좋을 거야."

"……."

지호는 부르르 떨고 있는 진광왕이 한없이 하찮게만 느껴졌다.

이미 그는 천리안으로 그가 뭘 하고 있는지 봤다.

미녀들을 뽑아다 자신의 욕구 배출구로 쓰고, 사람들을 한낱 유희거리로 전락시키지 않았던가. 더구나 성채 지하에는 그런 사람들이 수만 명이나 노예 상태로 닭장 속의 닭처럼 갇혀 있는 상태였다.

눈치를 보며 조용히 숨죽이고 있는 오도전륜왕도 다르진 않았다.

녀석은 백왕구 구석에 처박혀 망자들을 모아다 자신의 실험 도구로 쓰고 있었으니까.

이런 두 놈은 물론이고, 이미 만난 적이 있던 초강왕이며 송제왕들까지.

이런 놈들이 여태 저승의 왕으로 있었다고?

도무지 믿기지가 않았다.

'역시 신이란 것들은 다 사라져야 해.'

그런 생각을 뒤로 하고,

스륵!

지호는 진광왕과 오도전륜왕에게 손을 뻗어 예속을 시도
했다.

쏴아아!

쇠사슬에 빛무리가 감돌면서 빳빳해진다.

순간, 두 왕의 인상이 와락 일그러졌다.

"크으……!"

"으음!"

둘은 이를 악물면서 영혼을 침범하려는 느낌에 저항했
다.

바보가 아니고서야 여기서 당하면 영영 꼭두각시 인형으
로 떨어져야 한다는 걸 모를 수 없었으니까.

하지만 지호는 차가운 웃음과 함께 아무것도 없는 허공
을 주먹으로 꽉 쥐며 비틀었다.

콰득!

쇠사슬은 자신을 밀어내던 힘을 부수면서 그대로 살갗을
파고들었다.

경추(頸椎)와 척추를 부수고 지나가면서 그 자리를 대신
하고, 흉곽을 따라 좌우 열두 쌍으로 분리되어 늑골마저 으
스러뜨렸다.

"컥, 컥, 컥!"

"으으윽!"

진광왕과 오도전륜왕은 뼈가 갈리고 살이 분리되는 고통
에 비명도 지르지 못했다.

쇠사슬은 끝내 주요 뼈마디를 차지하고, 다시 거기서 분
리되어 혈관을 감싸다가 끝내 심장 부근에서 빙글빙글 돌
아 다섯 겹을 에워싼 뒤에야 겨우 멈췄다.

그리고 쇠사슬에서 새어 나온 빛이 그들의 육신은 물론
영혼까지 가득 메우면서,

화아아아!

예속을 마무리시켰다.

"허억, 허억, 허억……! 젠…… 장……!"

"으으으으음!"

진광왕은 땅바닥을 붙잡으며 한참 동안 헛구역질을 해
댔다.

얼굴에서는 식은땀이 쉴 새 없이 뚝뚝 흘러내렸다.

오도전륜왕도 여전히 신음 소리만 흘릴 뿐, 아무런 소리
도 없었지만 고통스러워하는 기색이 역력했다.

한편,

찰칵, 찰칵!

지호는 신위 속에서 뭔가가 단단히 연결된 걸 느꼈다.

두 왕과 자신 사이에 쇠사슬을 매개체로 심령이 연결되

어 있었다.

놈들이 드디어 권속으로 떨어진 것이다.

이로써 지호는 마음만 먹는다면 놈들의 마음을 엿보고 생각을 공유하는 건 물론, 여차하면 생사여탈권도 발휘할 수 있었다.

야마나 소호 금천 같은 다른 권속들과의 차이점은 쌍방이 아닌 일방통행이라는 정도?

놈들은 어떻게 해도 지호에게 영향을 끼칠 수 없었다.

"대체…… 우리에…… 게 뭘…… 하려는…… 것이냐?"

진광왕은 여전히 고통이 주는 여운 때문에 손을 부들부들 떨면서 지호를 올려다봤다.

"사냥개."

짤막한 대답.

하지만 그걸로도 충분했다.

진광왕이 주먹을 꽉 쥐었다.

"설마……?"

"통천교주를 잡는 데 좀 도와줘야겠어."

*   *   *

지호는 곧바로 두 왕의 의식을 공유했다.

물론 이는 어디까지나 일방적일 뿐.

지호는 그들의 시선으로 세상을 엿보고 의식을 훔칠 수 있어도, 저들은 지호를 넘보지 못했다.

　"쓸데없는 생각은 하지 않는 게 좋을 것이다. 뭘 하더라도 이미 너희들은 내 손바닥 안이니까."

진광왕과 오도전륜왕은 경고를 단단히 받은 채 다시 자신들의 영역으로 돌아갔다.

"이대로 보내도 괜찮을까?"

야마는 닫히는 공간을 보면서 미간을 좁혔다.

그녀로서는 걱정되는 것이리라.

저들이 바로 오늘날 저승의 혼란을 부추긴 원흉이었으니.

"괜찮아. 저놈들이 할 수 있는 건 아무것도 없으니까."

"그렇다면 다행이다만."

"그럼……."

"이쪽은 걱정 마라. 여차하면 바로 움직일 수 있도록 준비를 해 둘 것이니."

이미 염라왕 예하의 병사들은 휴식을 취하면서 언제라도 나설 준비를 갖추고 있었다.

그들은 다른 어느 때보다 사기가 충천했다.

지호는 알겠다며 미소를 짓고는 눈을 감아 진광왕과 오도전륜왕의 의식에 접속했다.

먼저 진광왕부터.

스르르.

다른 사람의 의식을 공유한다는 건 조금 묘한 느낌이었다. 마치 가까이서 연극을 보는 듯한 느낌이랄까.

진광왕은 어느새 자신의 성채로 돌아와 있었다.

"대, 대왕이시여!"

"괜찮으시나이까?"

갑자기 하늘에서 열린 허무에 딸려 간 진광왕을 찾기 위해 녹반도는 이미 비상이 떨어진 상태였다.

병사들이 대거 성채를 나와 저승 전역으로 흩어지고, 그와 관련된 단서가 있을까 싶어 많은 사람들이 신통력을 발휘해야만 했다.

진광왕은 자신에게 와르르 몰려든 수하들을 보면서 인상을 팍 찡그리며 뭐라고 말을 하려다가,

「말, 잘해야 할 것이다.」

지호가 툭 던진 말에 입을 꾹 다물었다.

분명 자신에게만 들린 말.

하지만 진광왕은 순간 척추에 단단히 박힌 쇠사슬이 빳빳해진 것 같다는 생각이 들었다.

다른 사람들에게 보이지는 않겠지만, 그것만 해도 진광왕에게는 크나큰 굴욕이었다.

"······."

"대······ 왕? 왜 그러십니까?"

아무런 말도 없이 가만히 있자, 수하들이 조심스레 다가온다.

뒤에 있던 몇몇은 뭔가 이상한 기류를 읽었는지 여차하면 손을 쓰기 위해 무기로 손을 가져가고 있었다.

"천마가 나타났다."

"천마라 하시면······?"

"부처들과 초강왕을 제거했다던 놈 말이다."

"아!"

"일단 뿌리치고는 왔다만, 또 무슨 수를 쓸지 모르지. 그리고······."

「다른 명부시왕들과 접촉해.」

진광왕의 미간이 살짝 일그러졌다.

"절교 측에 연통을 넣어라."

"예? 하지만 본래는······!"

대산류는 여태껏 취하던 정책과 다른 결정에 그를 말리

려 했지만, 말을 더 잇지 못했다.

진광왕의 두 눈이 광기로 번뜩였다.

"이 몸이 놈들에게 그딴 굴욕을 당했다. 설마 이런 꼴을 겪고도 가만히 있으라는 것이냐?"

"소, 속하를 용서해 주십시오!"

대산류는 바닥에 바짝 조아렸다.

빠득.

진광왕은 이를 갈았다.

누가 보더라도 천마와 염라왕에게 분노를 표하는 사람의 모습이었다.

"명부시왕들과의 자리를 만들 것이다. 병력을 모두 불러들이고, 언제라도 나설 준비를 갖추라."

"명!"

진광왕의 지시에 따라 수하들이 일사불란하게 움직였다. 의심을 갖던 무사들도 그제야 안심하고 무기에서 손을 놓았다.

「그리고 노예들도 전부 해방시키고.」

진광왕은 지호가 내리는 지시를 충실하게 이행했다.

아까 전까지 그가 부리던 반라 상태의 성노예들이며 지하에 있는 망자들까지. 전부 해방되어 밖으로 내보내지고, 무법 지대였던 녹반도에도 비상시국이라는 명분을 들어 당분간 소란을 피우면 모두 참살할 것이라며 제어를 시도했다.

또한, 명부시왕들과의 연락도 빠르게 취했다.

「여태 다른 명부시왕들과 연결책이 있었다고?」

'……그렇다.'

「다른 놈들은 통천교주에게 복속한 게 아니었나?」

'했지. 겉으로는.'

「겉으로는?」

'절교의 군세는 고작 우리들로는 당해 내기 힘들 정도였으니. 따르는 척이라도 해야지. 하지만 여차하면 뒤를 노릴 생각이었다.'

진광왕은 숨겨 봤자 금방 들킬 거라고 생각했는지 구구절절 숨겨진 비밀들을 잘도 털어 놓았다.

대부분의 시왕들이 간자였다는 점이 참 흥미로웠다.

'통천교주의 목적은 저승을 권역으로 삼고 마해를 건너는 것이었으니. 그때를 틈타 우리가 먼저 반고를 쟁취할 생각이었다.'

그 놈의 반고, 반고, 반고.

이젠 참 지겹다.

동네북이잖아, 이거?

「통천교주가 바보는 아닐 텐데? 그런 걸 생각하지 못했을 리도 없고. 왜 시왕들을 예속하지 않은 거지?」

'큭! 웃기는군. 아무리 통천교주가 한때 삼대신 중 하나였다지만, 그게 어디 쉬운 줄 아는가?'

진광왕이 이를 바득 갈았다.

'신이 신을 권속으로 둔다는 건 들도 보도 못했다. 어디까지나 신중신(神中神)이나 지고신(至高神)이나 가능한 일이지. 그마저도 대부분 충성으로 맺어지는 것이고…… 넌, 대체 뭐지?'

분노를 표하면서도, 그 속에는 의문이 가득하다.

지고신이란, 신들 위에 군림하는 자들을 의미하는 바.

끽해야 옥황상제나 석가여래, 여와가 전부였다.

더 깊게 파고든다면 오래전에 수미산의 주인이었던 '희'나 꼽을 수 있을까.

진광왕의 말에 지호도 생각이 많아졌다.

자신으로서는 어디까지나 단순히 신위에 기인한 독특한 특성이라고만 여겼던 것이었기에.

진광왕은 누군가 자신 위에 있는 걸 극도로 싫어했다.

그래서 염라왕의 밑에 있는 것도 거부했으며, 옥황상제도, 통천교주도 밀어내면서 녹반도에 웅크리고 앉아 호시탐탐 기회만 엿볼 줄도 아는 효웅이기도 했다.

이렇게 자존심 강한 놈이 영혼을 저당 잡혔으니, 이보다 더한 굴욕도 없었다.

하지만 녀석은 끝까지 인내를 하는 것 같았다.

와신상담.

염라왕 밑에서 기회를 노렸듯. 통천교주가 빈틈을 보이길 기다리듯.

지호에게서도 그런 때를 포착하려 했다.

물론 지호로서는 당할 생각이 없었지만.

토사구팽.

다 쓴 사냥개는 솥에 삶는 법이니.

그렇게 둘의 서로 다른 생각이 대립하면서 바쁘게 시간이 돌아가는 사이.

어느새 명부시왕 측에서 긍정적인 답변이 돌아왔다.

진광왕이 가장 먼저 접촉한 것은 오관왕.

지호도 이미 만난 적이 있던 놈이었다.

"큭! 큭큭! 천하의 진광왕이 이렇게 누추한 곳까지 행차하실 때도 있다니. 그것참, 신기하군그래? 흐흐. 그보다 여기까진 어인 일이신가?"

오관왕은 상당히 피폐해져 있었다.

눈 밑이 퀭하게 가라앉아, 큭큭 웃어 대기만 한다. 손에는 술잔이 들려 있고, 다리는 덜덜 떨린다.

무슨 일이 있었던 걸까.

뭐, 아무래도 상관없겠지.

진광왕은 의문을 털어 버리며 차갑게 말했다.

"나와 같은 꼴이 되어 줘야겠다."

"무슨…… 컥!"

오관왕은 말을 길게 잇지 못했다.

진광왕과 눈이 마주치는 순간, 갑자기 등 뒤로 허무가 열리면서 쇠사슬이 튀어나와 놈의 목을 감아 버린 것이다.

콰득. 콰드득.

척추와 늑골, 영혼이 갈려 나가는 고통에 오관왕은 처절한 비명을 질렀다.

"으아아아아아아악!"

그다음에는 변성왕.

"네놈, 진광왕! 네놈이 배신을……! 크아아아악!"

그리고 태산왕과 평등왕까지.

진광왕은 차례대로 놈들을 만났고, 그때마다 허무가 열리면서 쇠사슬이 예속을 시도했다.

이걸 버티는 자는 아무도 없었다.

마치 실에 매달린 망석중이처럼.

명부시왕, 아니, 칠왕(七王)이라 할 만한 자들은 하루아

침에 지호의 손아귀에 떨어졌다.

* * *

지호는 손에 잡힌 것을 꽉 쥐었다.

여섯 개의 쇠사슬이 마구 헝클어져 구슬의 형상을 띤다.

이것이 있는 한 놈들을 원하는 대로 다룰 수 있었다.

「…….」

「젠장, 젠장!」

「네놈만, 네놈만 찾아오지 않았어도!」

「하! 그런다고 달아날 수 있을 것 같았나? 멍청하긴.」

「염라왕을 겨우 벗어났더니 통천교주. 그 뒤에는 또 천마라? 하, 하하하! 빌어먹을 운명! 저주받을 여와 같으니!」

「대체 우릴 갖고 뭘 할 생각이지? 절교에 반항이라도 하려고? 하지만 이미 대세는 거스를 수 없…….」

"시끄러."

지호는 쇠사슬을 꽉 쥐어 비틀며 차갑게 중얼거렸다.

일순, 시끄럽게 굴던 녀석들이 모두 조용해진다.

아마 저들에게는 영혼을 세게 뒤흔들 정도로 아주 크게 들렸으리라.

"너희들은 그냥 시키는 대로 따르기만 하면 돼."

쇠사슬을 따라 온갖 감정의 소용돌이가 휘몰아쳤다.

분노. 회한. 짜증. 두려움…….

온갖 군상 속에서.

지호는 여섯 쇠사슬 중 세 개를 골라 위로 들었다.

그 끝에 걸린 놈들이 빳빳하게 몸을 세웠다.

「뭘, 하려는 거냐……?」

두려움에 찬 목소리.

지호는 싱긋 웃었다.

"미끼."

＊　　　＊　　　＊

백왕구.

온통 얼음으로 뒤덮이고 눈발만 흩날리는 땅.

이곳은 닿는 모든 것들을 얼어붙게 만든다던가.

덕분에 망자들도 이곳엔 쉽사리 접근하지 못한다.

그런 곳으로.

스스스.

무언가가 일어나기 시작했다.

꾸어어어어어!

괴상한 비명을 질러 대는 그것들은 마치 망석중이처럼

어기적어기적 일어났다.

손발이 부르트고, 홍반이 얼룩덜룩하며, 몸에서 김이 모락모락 피어나는 존재들. 사지는 기괴한 방향으로 뒤틀리고, 머리통은 반대로 돌아가거나 없는 존재들도 허다하다.

어찌 보면 망량과 비슷하지만, 그들과는 조금 달랐다.

망량은 적어도 사람의 형상을 띠었지만, 이것들은 그야말로 마물이었으니까.

사자의 머리와 양의 뿔, 황소의 몸뚱이를 한 존재가 있는가 하면, 하이에나의 머리통을 세 개나 단 이상한 새도 있으며, 꼬리가 채찍처럼 기다란 이상한 늑대도 있었다.

그뿐이랴.

하늘에서는 용의 형상을 띠었지만 역시나 여러 짐승들이 뒤죽박죽 혼재된 이들까지 있었으니.

서양 신화에서 흔히 '키메라'라고 부르는 존재들.

모두 오도전륜왕이 '창조 실험'이라 부르는 못된 장난질로 만든 놈들이었다.

갖가지 영혼을 찢고, 꿰매고, 조립하면서 만들어 낸 것들.

덕분에 사념이 뒤죽박죽 섞여 더 이상 영면도 취하지 못하고, 더 이상 윤회의 고리로도 떨어지지 못할 가련한 존재들은 하나같이 한기를 뿜어내며 걷기 시작했다.

「가자.」

「가자. 가자. 가자.」

「영혼을 잡아먹자.」

얼음 군단.

오도전륜왕은 자신이 탄생시킨 역작들에게 오로지 한 가지 명령만 내렸다.

—진군하고 또 진군하라.

＊　　　＊　　　＊

북쪽에서 내려온 얼음 군단은 빠른 속도로 대지를 휩쓸기 시작했다.

내로라하는 용장이나 병사들도 미처 막지 못했다.

걸을 때마다 눈발이 흩날린다. 돌진할 때마다 대지가 얼음으로 뒤덮인다.

"막아라! 어떻게든 막으란 말이다아!"

"안 됩니다! 접근할 수조차 없습니다! 특공대 전원 사망했습니다!"

"빌어먹을 전륜왕 같으니! 대체! 대체 왜!"

살이 에이는 것으로도 모자라 영혼마저 얼어 버리는 추

위를 몰고 다니는 탓에, 병력들은 어떻게 싸우지도 못하고 얼어붙는 경우가 허다했다.

더구나 하늘에서는 마수들이 직접 융단 폭격까지 해 대니,

퍼퍼퍼퍼펑!

"으, 으아아아악!"

"하늘에서 우박이 쏟아진다!"

"성곽이 무너졌다! 이대로는 성문이 뚫린다! 어떻게든 버텨라!"

버틸 수 있을 리 만무했다.

하늘에서는 쉴 새 없이 괴조(怪鳥)들이 이상한 바위 따위를 떨어뜨려 성곽이 무너졌다. 몇몇 야수들은 발톱을 높이 세워 벽을 타고 올라오기까지 했다.

"지원 병력은? 오기로 한 지원 병력은 어째서 오질 않는 것이냐!"

병사들은 그래도 끝까지 희망을 놓지 않았다.

자신들은 이미 저승을 거의 일통하다시피 한 절교. 절대 이깟 괴물 무리 따위에게 지지 않으리란 자신감이 가득했다.

하지만,

"이, 인근의 성채들이 모두 하, 함락되었다는 저, 전령입

니다!"

"무, 뭣이? 대체 무슨 병력으로? 어떻게?"

"진광왕도 반란을 일으켜 차마 병력을 다른 곳으로 돌릴 여유가 되지 않는다고……!"

"이런 미친 것들이! 북문이 뚫리면 중앙까지 금방이라는 걸 왜 몰라!"

그 순간,

쏴아아아아!

하늘에서 거친 돌풍이 불더니 첨탑 지붕에 꽂혀 있던 절 교의 깃발이 부러졌다.

이윽고 성문이 뚫리고, 얼음 군단이 모두 통과했다.

하지만 얼음 군단은 휴식 따윈 모른다는 듯. 무너진 성채 를 뒤로하고 계속 남하를 시도했다.

얼음 군단이 북에서 남으로 종대 방향으로 움직이는 동 안.

진광왕은 동에서 남으로 횡대 방향으로 출정했다.

꾸우우우우우!

온갖 보석으로 휘황찬란하게 꾸민 코끼리가 거칠게 투레 질을 한다. 코끼리의 덩치도 보통 것보다 훨씬 커서 한눈에 전장이 훤히 내려다보였다.

—여태껏 우리는 세상이 몇 번이고 뒤바뀌어도
스스로를 누르고 또 누르고 있었으니.

진광왕은 코끼리 등에 마련된 가마에 앉아 병력들에게
소리쳤다.

—형제들아. 이제는 일어나라! 너희들의 용기
를 저승 전체에 펼쳐 보이고, 나에게 영광을 가져
다 다오!

우와아아아아!

—출정하라!

녹반도는 저승에서도 지옥보다도 더 지독하다고 알려졌
던 장소.

당연히 그곳에서 징집된 병력은 하나같이 거칠고 사납기
짝이 없다.

그들은 갑갑했던 제약을 벗어던지고 모두 절교 쪽으로
칼날을 돌렸다.

두 병력이 빠른 속도로 진군을 한다는 소식은 절교에도
금세 전해졌다.

"통천교주! 통천교주!"

벽유궁.

통천교주가 머무는 궁궐이며, 절교의 본단이라 할 수 있는 곳으로 오관왕이 헐레벌떡 뛰어왔다.

"통천교주!"

"으아암! 아, 거참. 새벽부터 왜 이리 시끄럽게 구는 거요?"

그때 열다섯 살 정도 난 소년이 늘어져라 하품을 해 대면서 걸어 나왔다.

오관왕은 잠깐 멈칫거렸다.

겉보기와 달리 상대는 자신에게 있어 천적이라 할 수 있는 존재.

경.

음왕과 함께 통천교주의 오른팔로 통하는 자.

또한, 오관왕이 절교와 대적하고 있을 무렵에 홀로 쳐들어와 자신의 목젖을 틀어쥔 자이기도 했다. 당연히 오관왕은 그가 거북하기만 했다.

그것도 잠시.

「뭐하냐? 빨리 말하지 않고.」

불쑥 머릿속을 울리는 목소리에 오관왕은 자신이 뭘 하고 있는 중인지 깨달았다. 보이지 않아도 여전히 자신의 목에는 쇠사슬이 감겨 있었다.

언제든 자신의 목을 뜯을 수 있을 쇠사슬.

"크, 크, 큰일이오! 밖에……! 밖에!"

"밖에, 뭐?"

"진광왕과 오도전륜왕이 반란을 일으켰소! 그 때문에 내 영지가 송두리째 불에 타 버렸단 말이오!"

게슴츠레 하게 있던 경의 눈동자가 번뜩였다.

"그렇단 말이지? 후후후후. 그것들 참 오래도 걸렸네."

혓바닥으로 입술을 살짝 축인다.

그 모습이 간교한 뱀 같아 오관왕은 몸을 오들오들 떨었다.

"토, 통천교주는 어디에 계시오? 대체 이 지경이 될 때까지 왜 아무런 반응도 없으시단 말이오! 교주가 계신 곳을 말씀해 주시오."

"교주는, 네가 만나서 뭐하게?"

간교한 눈빛이 오관왕을 직시한다.

저 눈빛이었다.

오관왕의 목젖을 움켜쥐었던 눈빛.

그때의 기억이 떠올라 자기도 모르게 움찔거렸다.

하지만,

촤르륵!

여전히 자신에게만 들리는 쇠사슬 소리를 듣고 이를 악물었다.

이미 내친걸음. 여기서 물러서서는 아무것도 되지 않았

다.

"그, 그걸 말이라고 하시오? 내 영지가 저들에게 유린당했다 하지 않았소! 그걸 되찾으려면 어떻게든 교주께서 도와주어야 하지 않소이까! 더구나 태산왕과 평등왕이 어떻게든 저들의 병력을 막아 내고 있는 중이외다! 통천교주와 같이 전지를 품고 있는 분이 이를 모르고 있을 리도 없는데도 가만히 있다는 건……!"

오관왕은 바싹 마른 입술을 억지로 떼며 말을 이었다.

"우리가 교주께 충성을 서약한 이유가 없게 되는 것 아니오! 구해 주시오! 제발!"

"음."

"그것도 아니라면 권능이라도 빌려주……!"

"거기까지."

경은 눈을 가늘게 떴다.

"더 말하면. 죽어."

"……!"

오관왕은 몸이 오슬오슬 떨려 더 이상 아무 말도 잇지 못했다.

그러다 경은 난감한 듯 뒷머리를 벅벅 긁었다.

"그나저나 왜 하필 다른 때도 아니고 이때야? 이거 엄청 귀찮게 되었는데. 지금은 확실히 전지가 작용할 수도 없는

데. 지금 교주가 쪼오오오그으으음 바빠서 말이야."

"제발, 부탁이……."

"음, 어쩐다?"

경은 고개를 갸웃거리다 피식 웃었다.

"그래. 뭐, 어쩔 수 없지."

"그럼?"

"따라와."

"가, 감사하오!"

"대신에 방해하면, 알지?"

"무, 물론이오!"

오관왕은 앞서 걷는 경의 뒤를 바로 따랐다.

경은 벽유궁의 안쪽까지 이동, 화려하게 장식된 나선형 계단을 따라 지하 깊숙한 곳으로 이동했다.

거기선 아무런 빛도 비치지 않았다.

꿀꺽.

오관왕은 긴장한 나머지 자신도 모르게 침을 삼켰다.

벽유궁의 심처는 여태 자신이나 다른 명부시왕들도 가보지 못했던 장소.

통천교주는 언제나 심처에 틀어박혀 잘 나오지 않았다.

「뭘 하고 있는 중이란 말이지?」

담담하게 머릿속에 울리는 목소리.

흥미가 가득 느껴졌다.

그럴수록 오관왕은 등골이 오싹했다.

'저, 저, 정말 이, 이, 이 일이 끄, 끄, 끝나고 나면 나, 나, 날 푸, 풀어 주는 거, 거, 거요?'

겁 많은 오관왕이 반기를 들게 된 건, 통천교주보다 더한 두려움을 주는 이 존재 때문이리라.

「당연하지.」

'야, 약속 지, 지켜야 하, 하오.'

「왜 이래. 자꾸. 형 못 믿어?」

'미, 믿소.'

「그럼 계속 움직여. 안 그럼 형 화나서 어떻게 할지 모른다?」

촤르르륵.

보이지 않는 쇠사슬이 팽팽하게 움직이면서 목이 땅겼다.

오관왕은 더 이상 뭘 물어볼 수가 없었다.

자신의 목숨 줄을 쥐고 있는 천마.

녀석은 인두겁을 쓴 괴물이 틀림없었다.

그가 진광왕을 만나고 있을 때까지 자신의 거처에 틀어박혀 바들바들 떨고 있던 이유가 무엇인가.

통천교주조차 삼도천 위에서는 승부를 쉽게 장담하지 못

하던 초강왕이 어떻게 죽었으며, 저승으로 가는 길목을 지키던 송제왕이 어떻게 목이 꺾였던가.

오관왕은 그렇게 비명횡사하기는 싫었다.

'어, 어떻게든 토, 통천교주를 잡지 않으면⋯⋯!'

오관왕이 그런 생각을 하던 와중에.

"도착했다."

경이 걸음을 멈췄다.

나선형 계단이 그치는 마지막 지점.

머리를 꺾어야 겨우 끝이 보이는 거대한 철문이 그들의 앞을 가로막고 있었다.

"맘 단단히 먹고 있으라고."

"⋯⋯."

대체 안에 뭐가 벌어지기에?

경은 짓궂게 웃더니 양손으로 문을 세게 밀었다.

안에서부터 짙은 칠흑색 어둠이 드러난다.

빛마저 삼키는 짙은 어둠.

오관왕은 자신도 거기에 삼켜질 것만 같아 두려운 나머지 뒷걸음질을 쳤지만,

끼이익!

이윽고 문이 완전히 열리면서 어둠이 새어 나와 경과 오관왕을 집어삼켰다.

「……설마, 허무?」

지호가 던진 의문도 함께.

오관왕이 다시 눈을 떴을 때.

"이, 이건?"

"많이 놀랐지? 키키킥."

여태껏 그가 살던 붉은 하늘의 저승이 아닌, 푸른 하늘의 이승이 펼쳐져 있었다.

아니, 이건 이승이라 하기에도 힘들었다.

법칙부터가 달랐으니까.

끝도 없이 펼쳐진 거대한 대지가 발아래 놓였다.

분명 현재 이승은 5대양 6대주로 분류되지만, 이 대지는 그런 6대주를 하나로 합쳐 놓은 것 같은 초대륙이었다.

마치 바다 위에 거대한 섬처럼 놓인 대륙.

아니, 이건 어쩌면 바다를 뚫고 하늘에 닿은 거대한 산맥의 일부라고 해야 할지도 모른다.

이곳은 흔히 '산'이라 불렸으니.

세상이 네 개로 갈라지기 전에 존재했던 곳.

"허어……!"

「수미산.」

지호는 오래전에 보던 광경을 다시 목격하자 어이가 없

을 지경이었다.

그때도 지금과 같았다.

자신의 꿈이 아닌 통천교주의 꿈을 빌어 봤었지.

「꿈을 꿔도 하필 이런 꿈을 꾸고 있단 말이지? 거참. 여전하네.」

그랬다.

여긴 통천교주의 꿈속이었다.

「녀석은 계속 이런 꿈을 반복해서 꾸는 건가?」

지호는 쓰게 웃었다.

대체 이 때의 일은 얼마나 통천교주의 삶에 영향을 끼치고 있단 말인가?

과거에 잡힌 삶.

그건 마치.

「예전의 내 모습 같은데…….」

오래전. 노래를 부르지 못한다는 사실에 얽매여 괴로움에 몸부림치던 자신이 언뜻 떠올랐다.

만약 그때 손오공을 만나지 못했더라면.

목을 낫지 못하고, 삶을 깨닫지 못했더라면.

자신은 지금쯤 어떻게 지내고 있었을까?

통천교주처럼 여전히 과거에 발목이 묶여 한없이 괴로움에 몸부림치고 있었을까?

지호는 자신에게는 있었던 손오공이란 존재가, 통천교주에게는 없었다는 사실을 깨달았다.

'그게 무슨 말이오?'

「넌 몰라도 돼.」

'……'

지호는 오관왕의 의문을 가볍게 묵살하고 수미산을 가만히 지켜보았다.

「분명 기억이 맞는다면…….」

수미산 곳곳에 여러 깃발들이 나부낀다.

총 108개로 나뉜 구역들.

그중에서도 동북쪽에 위치해 수풀로 우거진 곳이 있다.

「저기일 텐데.」

바다를 연안에 두고, 대륙을 가로지르는 강의 퇴적물이 쌓여 비옥한 대지를 품고 있는 평야. 하지만 주변은 온통 산으로 둘러싸여 있어 방어에 용이한 곳.

통천교주가 방황을 하다 정착한 곳.

수많은 마신들이 태동했던 곳.

효마의 본산.

려의 나라.

'파, 파, 판천 마, 말이오?'

지호의 시선이 닿아서일까.

오관왕의 눈길도 저절로 따라갔다.

「판천?」

'저, 저곳은 저주받은 곳이 아니오……! 저런 곳을 왜……?'

'판천'이란 곳을 보는 오관왕의 눈가에 짙은 그림자가 질 무렵,

"나, 왔어. 열어 줘."

경이 산자락 아래에다 소리를 쳤다.

화아아악!

그러자 마치 물로 씻은 듯이 꿈의 장면들이 사라지고,

콰콰콰콰콰콰쾅!

엄청난 격전이 벌어지는 장소가 한눈에 들어왔다.

쿠우우우우!

대체 누구와 누가 맞부딪치는 건지 온통 통천교주의 꿈으로 둘러싸인 세계가 뒤흔들리면서, 하늘을 따라 짙은 먼지구름이 자욱하게 퍼졌다.

하지만 그마저도 곧 불어오는 강풍에 휩쓸리면서 사라져 무대를 훤하게 드러냈다.

"푸하하하하하! 역시 재밌어! 재미있어 죽겠다고! 더! 더! 싸우고 싶단 말이다! 덤벼라! 덤벼!"

2미터는 넘는 거구. 아수라왕 바치는 피투성이 몰골이

되고서도 뭐가 그리 좋은지 함박웃음을 터뜨렸다.

너무 즐거워서 주체하지 못하겠다는 듯.

반면에 바치와 대적하고 있는 존재는 와락 얼굴을 일그러뜨리며 숨만 거칠게 내뿜고 있었다.

지호로서도 처음 보는 존재.

하지만 어딘가 낯이 익었다.

아니, 기운이 낯익었다.

"크크크크큭! 가뜩이나 천마도 못 잡아서 심심해 죽을 것 같았는데. 네가 날 좀 달래 줘야겠다."

바치는 혓바닥으로 입술을 축이면서 한 걸음 앞으로 나서려 했지만,

촤아아악!

그보다 먼저 허공에서 물줄기가 쏟아지면서 바치의 앞을 가로막았다. 그의 발치에 기다란 고랑이 파였다.

바치가 인상을 찡그리며 허공을 쳐다보자, 거라건타가 요염하게 웃으면서 검지를 까닥거렸다.

"자자, 시간이 다 되었다고요. 이제 내 차례라고."

"어째서!"

"어째서는 뭘 어째서야? 설마 방금 전에 한 약속 잊은 건 아니지?"

거라건타는 몸을 배배 꼬았다. 당장이라도 움직이고 싶

은 걸 억지로 참는 모습이었다.

바치는 콧방귀를 꼈다.

"응. 잊었어."

"뭐?"

거라건타가 미간을 찌푸리건 말건,

"그럼 한 판 더!"

콰아아아아앙!

바치는 다시 지면을 박차면서 적에게로 몸을 날렸다. 어마어마한 돌풍이 그를 따라 불다가 끝내 태풍이 되어 대지를 휩쓸었다.

"이 빌어먹을 멧돼지 새끼가!"

거라건타는 짜증 나 죽겠다는 듯이 검지와 중지만을 편 검결지로 하늘을 짚으면서 그대로 아래로 내리그었다.

콰콰콰콰콰콰!

대기 중에 놓인 수분들이 응결되면서 삽시간에 용의 형상을 그리더니, 도합 여섯 마리에 달하는 수룡(水龍)이 아가리를 젖히면서 역시나 아래로 떨어졌다.

쿠르르르르르!

태풍은 대기를 찢으면서, 수룡은 대기를 삼키면서.

소용돌이 중심에 놓인 자는 인상을 찡그리다, 이대로는 안 되겠다고 여겼는지 팔을 앞으로 쭉 뻗었다. 그러자 손목

에 감겼던 팔찌가 마치 뱀처럼 촤르르 풀리더니 손에 착 감
기고,

파직, 파지지직!

어마어마한 양의 뇌기를 잔뜩 풍기더니,

퍼퍼퍼퍼퍼퍼펑!

대기를 때리면서 수많은 벼락과 천둥을 뿌려 댔다.

위력이 얼마나 강한지 이대로 눈이 머는 것은 아닐까 싶
을 정도로 환한 빛무리가 세상을 가득 메우다, 이내 태풍과
수룡을 흔적조차 남기지 않고 갈가리 찢어 버렸다.

지호가 뇌벽세를 마구 응축시킨다고 해도 과연 가능할까
싶을 정도의 위력!

　　─뇌공편. 구름을 부르고, 뇌기를 다루는 보패. 태상
　노군이 만든 최고의 걸작. 위력이 막강하여 주인을 가리
　며, 때에 따라 단번에 천계의 군단을 휩쓴 적도 있다.

오관왕은 두려움에 젖어 벌벌 떠는 가운데,

휘유우우!

후폭풍이 가시면서 새카만 그을음이 남은 거대한 구덩이
가 나타났다.

채찍의 주인은 발을 세게 구르면서 하늘로 떠올라 단숨

에 바치와 거라건타에게로 쇄도했다.

"얌마! 거기서 방해를 하면 어떡해!"

"적반하장도 유분수지! 지금 저놈 상대할 건 나였다고! 방해한 건 너지!"

"이 망할 년이!"

"싸움 말고는 할 줄도 없는 머저리가!"

바치와 거라건타는 공격이 무위로 돌아가자 서로 잘못했다면서 으르렁거렸지만, 채찍의 주인은 아랑곳하지 않고 다시 굵직한 채찍을 휘두르고 있었다.

휘리릭!

채찍이 마치 뱀처럼 대가리를 이리저리 젖히면서 뇌기를 또다시 뿌려 댄다.

이번에도 품고 있는 힘이 적지 않았다.

결국 바치와 거라건타는 대립을 중단하고, 동시에 녀석과 맞부딪쳐 나갔다.

아수라왕쯤 되면 합공을 하는 데 부끄러움을 느낄 수밖에 없다.

하지만 녀석은 그런 부끄러움을 지워 줄 수 있을 정도로 강했다.

콰르릉! 콰르르릉!

콰르르르르!

결국 싸움이 복잡하게 얽히는 동안, 경은 정신이 반쯤 나간 오관왕을 끌고 마신들이 있는 곳으로 이동했다.

마신들은 격전이 벌어지는 곳과 한참 떨어진 장소에서 가만히 팔짱을 끼며 상황을 지켜보고 있었다. 그중에 통천교주는 보이지 않았다.

"역시 운사(雲師). 제법이로군."

"아직 신위를 다 찾지 못한 일개 파편의 상태에서도 저 정도일진대……."

"아군일 때는 그렇게 든든했던 것이."

"적이 되고 나니 참 가차 없군."

감탄을 터뜨리는 이들부터 안타까움에 고개를 절레절레 흔드는 이들까지.

그들은 한참 싸움에 정신이 팔려 있다가 뒤늦게 경과 오관왕을 발견했다.

"여긴 어쩐 일이야? 넌 바깥 지킨다면서?"

"이 놈이 교주한테 할 얘기가 있대서."

"이 새끼가?"

오관왕을 보는 마신들의 입가에는 싸늘한 비웃음이 걸려 있었다.

그럴수록 오관왕의 어깨는 계속 위축되었다.

그가 절교 내에서 어떤 취급을 받는지 쉽게 알 수 있는 대목이었다.

경은 오관왕이 아무 말도 못하고 벌벌 떨기만 하자 인상을 살짝 찡그리다, 마신들에게 말했다.

"녹반도와 백왕구에서 반란이 일어났어."

"진광왕과 오도전륜왕이?"

"어."

"크큭. 일어날 걸 예상은 했지만 하필 지금일 줄이야. 아니, 오히려 그러니까 노린 건가?"

"이미 다른 시왕들은 쑥대밭이 되었다는데. 무슨 수라도 써야 할 것 같아서. 교주는?"

"교주야, 뭐."

마신들이 히죽 웃으면서 하늘을 올려다봤다.

"저기 있지."

그 순간,

스르르.

하늘을 따라 기다란 선이 그어진다 싶더니 위아래로 크게 열렸다.

흰 동공과 검은 자위가 아수라왕의 싸움을 지켜보다 이쪽으로 움직였다.

그 눈동자에 모습이 사로잡힌 순간.

오관왕은 마치 몸이 얼어붙은 것처럼 옴짝달싹할 수가

없었다. 영혼이 덜덜 떨렸다.

　—바깥 상황을 고하러 왔다고?

＊　　　＊　　　＊

찰그락. 찰그락.

여섯 개의 쇠사슬 중 유독 한 개가 심각하게 떨린다.

오관왕이 걸린 쇠사슬이었다.

"이 새끼, 진짜 어떻게 명부시왕이 되었던 거지?"

분명 처음에 만났을 때는 기세등등하게 자신을 찍어 누르기까지 하더니.

「우리 때는 명부시왕이라는 개념이 없어서 말이네.」

「그런 작자들이 있지. 눈치 하나는 기가 막히게 빠르고. 자기 보신은 철저한 놈들.」

「이 놈도 그런 놈 중 하나가 아닐까 싶네만?」

오죽하면 허신들마저 머저리라고 혀를 차기까지 할까.

하지만 녀석의 눈을 빌린 덕분에 알아낸 게 많았다.

절교의 구조부터, 벽유궁의 내부며, 병력의 관리까지 굵직한 것은 물론이거니와,

"그나저나 이제 어떻게 하는 게 좋을까요?"

통천교주가 무엇을 하고 있는지까지도.

「저 친구, 구해 주시게.」

허신들이 한마음 한뜻이 되어 말한다.

역시.

느꼈던 게 착각이 아니었던 모양이다.

지호는 바치와 거라건타를 상대로 싸우던 사내를 떠올렸다.

보고 있는 것만으로도 손끝이 짜릿할 정도로 어마어마한 위세를 자랑하던 자.

그러고도 신격은 느껴지지 않던 자.

그도 신의 파편. 허신이었다.

"려의 무덤이 저승에도 있을 줄은……."

대체 려의 파편은 몇 개나 갈라졌고, 무덤은 얼마나 많은 걸까.

통천교주가 여태 크게 모습을 드러내지 않았던 이유.

그녀는 벽유궁 지하에서 꿈이라는 매개체를 통해 곳곳에 뿌려진 려의 파편에 접촉을 했고, 이를 일일이 수거하는 작업을 하는 중이었다.

지금 지호가 보고 있는 것도 마찬가지.

파편을 수거하던 와중에 이를 지키고 있던 어느 묘지기를 만난 것 같았다.

문제라면 아주 세다는 것.

"잘 아는 사람입니까?"

「알다마다. 려 다음으로 우리를 통솔하던 세 군단장이었
는데. 후후후후!」

「뭐, 그 후에 조금 안 좋은 일이 있었긴 했지만서도.」

「그래도 묘지기로 있다는 건……..」

「그래. 그날의 일에 대해 후회를 하고 있단 거겠지.」

알 수 없는 말들이 오고 간다.

하지만 지호는 유독 한 가지 말이 걸렸다.

"군단장?"

눈이 살짝 커졌다.

간부였다는 말이잖아?

「흔히 유웅 쪽에서는 삼마백(三魔伯)이라 불렀었지. 저들
말로는 날씨를 제멋대로 부려 천기를 흐트린다나? 헛소리
가 좀 심했지만, 그만큼 강하기도 강했었어.」

「저 아이는 그중에서도 운사였지, 아마?」

삼마백이라.

소호 금천이 있었다면 자세히 설명해 줬을까?

하지만 듣는 것만으로도 절대 작은 사람이 아닐 거란 생
각이 들었다.

"이름이, 뭡니까?"

「신공표.」

신공표란 단어는 지호도 들어 본 적이 있다.

옛 은나라와 주나라가 전쟁을 벌인 당시를 다룬 일대기, 봉신연의에 나오는 이름.

그는 옥황상제의 제자 및 신하이자, 주인공이면서 강자아(태공망)의 사제라는 신분인데도 불구하고, 절교의 신들을 봉신하라는 천계의 명령을 무시하고 절교를 도우려다가 실패를 맛보는 비운의 인물이다.

봉신연의에서는 주로 천계로 대변되는 천교와 절교 사이를 저울질하는 간사한 이미지로 그려지지만, 때에 따라서는 세상을 제 손에 넣으려는 천교의 간악한 술수에 맞서 소신껏 싸운다는 이미지를 갖고 있기도 하다.

하지만 이미지의 방향이 어떤 것이 되었건 간에, 신공표란 존재는 봉신연의 내에서 차지하는 비중이 아주 클 수밖에 없다.

천교의 선술을 부려 기후를 맘껏 다루고, 태상노군의 비호를 받아 뇌공편을 뿌리면서 강자아마저도 그를 어쩌지 못하게 된다.

그러다 끝내 전쟁이 천교의 승리로 끝났어도 봉신이 되지 못하는데.

그런 존재가 려의 묘지기로 있다고?

게다가 군단장 삼마백 중 하나였단다.

아마도 그 위치는 현(現) 천계 내 삼신장의 위치와 맞먹는 것이겠지.

아니, 어쩌면 그 이상일지도 모르겠다.

"봉신연의는 상고시대가 끝날 무렵에 벌어진 일이 아니었습니까?"

통천교주의 반란은 천교가 천계를 완벽히 장악하고, 수미산이 네 개로 갈라진 뒤에 시작된다.

「말했지만, 우리는 그때의 일을 몰라.」

「하지만 한 가지는 말해 줄 수 있지.」

「당시 려가 희의 간악한 배신에 붙잡히고 난 뒤, 겨우 탈출을 하였을 때.」

「희의 정책에 불만을 품은 이들이 구름 떼처럼 모여들었다.」

「그들이 바로 72명의 형제들.」

「바로 저들, 72마신이지.」

「그리고 려는 형제들과 함께 칼을 쥐고 전쟁을 벌였다. 네가 아까 봤던 곳. 판천에서.」

「당시 형제들을 이끌고 있던 존재가 바로 삼마백.」

「하지만…… 알다시피 마신은 패배했다. 왜일까?」

지호는 고개를 가로저었다.

"모르겠습니다."

자신이 알고 있는 것은 어디까지나 통천교주가 꿈을 꿨던 부분, 려가 갇혔을 때까지일 뿐.

그 뒤에 소호 금천에게서 려가 탈출을 하고 전쟁을 일으켰다는 말은 들었지만, 어떻게 된 것인지는 정확하게 듣지 못했다.

「삼마백 중 하나가 배신을 했기 때문이다.」

지호의 눈이 커졌다.

"설마?"

「맞아. 그가 바로 신공표다.」

"그래서…… 후회를 한 것 같다고 말씀을 하시는 겁니까?"

「그래. 풍백, 운사, 우사. 이들이야말로 려의 군단을 상징하는 최고의 신들. 사흉도 있었다지만 그들도 이들에게는 한 수를 접어 줘야 했었어. 그런 이들 중 하나의 배신이, 얼마나 뼈아프겠나?」

「물론 지금 돌이켜 본다면 운사의 당시 선택을 이해 못 하는 것은 아니다.」

「녀석은 예나 지금이나 싸우고 싶지 않아 했으니까.」

「참으로 순수하고, 평화를 사랑하던 아이였어.」

「표아는, 마지막까지 려와 희 사이를 중재해 보려 노력했었다.」

「하지만 뜻대로 되지 않았고, 그런 결론을 내렸던 모양이더군.」

「더구나 당시 려를 택하지 못하고 쭈뼛대며 방관하기만 하던 우리가 할 말은 아니지…….」

허신들의 말이 모두 맞다면.

신공표는, 지호로서는 전혀 짐작하기도 힘든 사연을 가졌던 것이다.

희와 려의 싸움에서도.

통천교주의 반란에서도.

언제나 제대로 된 선택을 내리지 못한 채 우왕좌왕해야만 했던 존재.

그런 그가 묘지기로 남겠다 결정 내렸던 것이라면. 죽어서도 려를 지키고자 했다면 얼마나 많은 회한과 후회를 가슴에 품었을 것인가.

「려의 후예인 자네가 보기엔 죽이는 게 마땅할 존재일지도 모르네.」

「하지만 한 번 이야기는 나눠 보지 않겠나?」

"알겠습니다."

사실 려의 후예라고는 해도, 지호로서는 그런 자각이 크게 있던 것이 아니기에 고개를 끄덕였다.

「다행이군.」

지호는 허신들이 안도해하는 느낌을 받고 피식 웃으면서 다시 천리안에 집중했다.

오관왕의 시선을 빌어 통천교주의 눈이 보인다.

검은 자위와 흰 동공의 불길한 눈.

몇 번이고 보아도 익숙지 않을 눈이며, 자신과 수많은 악연으로 뒤섞였던 눈이다.

'이제 오늘로 모든 악연을 끝내자.'

지호는 화안금정을 번뜩이면서 작게 중얼거렸다.

"과보."

「크어어?」

신위, 저 깊은 곳에서 조용히 숨죽이고 있던 존재의 이름을 작게 중얼거린다.

"이제 네가 나설 차례야."

*　　　*　　　*

덜덜덜—

오관왕은 허공에 맺힌 통천교주의 눈을 보고 있노라니 머릿속이 창백해져 아무 말도 나오지 않았다.

촤르륵!

쇠사슬이 움직이는 소리가 들린다. 목이 뻣뻣해진다.

「시작해.」

'하, 하, 할 수 없어……!'

「뭐?」

'주, 주, 죽을 거야……!'

낯이 서서히 창백해진다.

「뭔…….」

'죽을 거라고!'

오관왕은 이제 아무래도 상관없었다.

지호가 살려 준다고 했던 거?

헛소리였다.

통천교주의 눈을 보고 있노라니 이제 알 것 같았다.

이 두 고래의 싸움에서 자신은 죽고 말 것이다!

공포에 젖어 비명을 지르려는 찰나,

콰드득.

경추에 연결된 쇠사슬이 더 깊숙하게 밀고 들어오더니 영혼을 그대로 찔렀다.

「하여간 이 멍청한 새끼한테 맡기는 게 아니었어.」

지호는 이대로 뒀다가는 정말 큰일 나겠다는 생각에 강제로 오관왕의 의식을 잠재우고, 육체의 제어권을 대신 틀어쥐었다.

다행히 여태 녀석의 영혼을 모두 분석한 덕분에 모방하

는 건 어렵지 않았다.

"음?"

그때 가만히 오관왕을 지켜보던 비마질다라가 고개를 갸웃거렸다.

오관왕이 뭔가 실수를 했나 싶어 안색이 창백해졌다.

"왜, 왜 그러십니까?"

"아닐세. 뭔가 이상했었는데. 뭐, 아무것도 아니겠지. 그보다 바깥일부터 이야기해 보게."

제어권을 빼앗는 그 사이에 뭘 느꼈다고?

하여간 이 영감, 참 날카롭다.

조심해야겠어.

지호는 생각을 정리하면서, 통천교주에게 말했다.

"마, 말씀드렸던 그. 그대롭니다. 진광왕과 오도전륜왕이 바, 반란을 일으켰고, 저, 저희들이 어떻게든 버티고 이, 있는 상황입니다. 도, 도와주십시오……!"

─얼마 남지 않았다 여기긴 했거늘. 그래도 생각보단 빨리 시도했군.

통천교주는 가소롭다는 듯이 눈웃음을 지었다.

─차라리 잘되었어. 력을 수거하는 것도 거의 막바지였는데. 한꺼번에 처리하면 되겠어. 통합 작업을 이 자리에서 마무리하겠다.

'려를 수거하는 게 거의 끝났다고?'

지호가 속으로 궁리를 하는 동안, 통천교주는 동공을 위로 돌렸다.

그러자 어둠이 짙게 깔렸던 하늘이 맑게 개이면서 수면에 비친 상(像)처럼 뭔가를 비췄다.

전쟁이 한창 벌어지고 있는 저승.

진광왕은 태산왕과 전쟁을 치르는 중이었고, 오도전륜왕은 얼음 군단을 움직여 한창 평등왕의 영지를 한껏 유린 중이었다. 남은 시왕인 변성왕은 이미 두 왕에게 패배해 태산왕을 돕고 있는 상태였다.

―마음에 안 드는군. 하지만 또 마음에 들도다.

통천교주는 코웃음을 치더니 마신들을 불렀다.

―절교의 신들이여.

72마신들도 통천교주를 따라 하늘의 상을 보면서 한껏 웃었다.

―간악한 천교의 술수로 우리의 것을 놓아 버린 채 있어야만 했던 세월이 어언 반만년이었도다. 하지만 이제 그 한을 풀 날이 얼마 남지 않았음이니.

마신들의 미소가 커진다.

송곳니가 훤히 드러나도록.

음험하게.

—내일이면 우리는 잘못된 모든 걸 바로 되돌리고, 헛된 신들을 저 수미산 밑바닥에 처박아 지난 한을 풀 것이다. 그러니.

통천교주가 눈을 가느다랗게 좁혔다.

—진군하라.

통천교주의 오른팔, 음왕이 가장 먼저 독룡을 소환해 하늘의 상으로 날아올랐다. 그 뒤를 따라 다른 마신들도 일어나 상을 건넜다.

물결이 상을 따라 곳곳에 그려지고,

쏴아아!

꿈을 통과한 마신들이 일제히 전장으로 난입한다.

절교 측 군사들을 한껏 유린하고 있던 진광왕과 오도전륜왕은 갑작스러운 마신들의 등장에 당황하면서 순식간에 전세가 역전되었다.

—끝났군.

통천교주는 더 이상 볼 것 없다는 듯 하늘의 상에서 시선을 거두고, 다시 아래쪽으로 내렸다. 유일하게 남은 비마질다라도 동의한다는 듯이 고개를 끄덕였다.

그 사이.

아래쪽의 전투도 거의 끝을 보아 가고 있었다.

촤촤촤촤촤!

거라건타가 만들어 낸 수룡이 어느새 열두 마리로 불어나면서 신공표를 궁지로 몰아넣었다.

그때마다 신공표는 뇌공편을 뿌리면서 벼락을 잇달아 토해 내며 수룡을 찢어 놨지만, 수분이 증발하면서 생긴 안개가 자욱하게 깔리면서 시야를 어지럽게 만들었다.

더구나 거라건타의 속성은 수(水). 안개가 깔린다는 것은 더 많은 공격 방식이 있다는 뜻이었다.

손을 휘저을 때마다 응결된 수분이 가시가 되어 신공표를 마구 찔러 대고, 여기에 신공표가 정신이 팔리는 동안 바치가 불쑥불쑥 튀어나와 공세를 가했다.

콰아아아아아앙!

미처 바치의 등장을 파악하지 못한 신공표는 늑골이 으스러진 채 탄환처럼 반대편으로 튕겨 났다.

"쿨럭!"

그는 피 화살을 잔뜩 토했다.

아무리 삼마백 중 하나였다고 할지라도 허신의 몸으로는 아직 활동이 무리였던 걸까.

그의 육체가 서서히 희미해져 갔다.

이대로 둔다면 영영 사라지고 말리라.

하지만,

"안…… 돼……!"

신공표는 손등으로 입가를 문지르면서 억지로 일어났다. 다리가 후들거리지만, 두 눈은 차갑게 번뜩였다.

"보낼 수는…… 없…… 어……!"

반드시 지키고야 말겠다는 의지가 물씬 풍긴다.

바치와 거라건타는 코웃음을 쳤지만.

"예나 지금이나 저놈은 달라진 게 없어."

"호호호! 뭐라고 해야 하나? 배신자 주제에 왜 이제 와서 잘난 척 구는 거람."

신공표는 얼굴을 와락 일그러뜨렸다. 채찍을 쥐는 손에 힘이 잔뜩 들어갔다.

"난…… 배신한…… 적…… 없…… 어!"

"헛소리도 심하구나."

거라건타가 손을 허공에다 흔들었다. 다시 수룡이 만들어지며 신공표 주변을 빙글빙글 돌았다.

신공표는 뭔가를 다짐한 듯이 마지막 남은 힘을 뇌공편에다 불어 넣었다. 그러자 뇌기가 다른 어느 때보다 세게 튀면서 채찍의 끝이 갈라지며 9개로 분리되려고 했다.

뇌전망(雷電網).

그가 자랑하는 최후의 술수이자, 뇌공편의 진짜 힘을 발휘하려는 생각에서였다.

하지만 그러기도 전에 바치가 먼저 공간을 열고 튀어나

와 그의 복부를 세게 후려치고, 수룡이 착 감겨들면서 몸을
강제로 얼어붙게 만들었다.

"이…… 건…… 안 돼……!"

신공표가 어떻게든 벗어나려 아등바등거렸다. 하지만 육
체는 이미 꽁꽁 묶여 어떻게 옴짝달싹할 수가 없었다.

쏴아아!

그때 통천교주의 눈이 감기더니, 하늘에서부터 무언가가
떨어졌다.

통천교주는 까마귀처럼 고귀한 날개를 퍼덕이면서 천천
히 신공표 앞에 내려앉았다. 바치와 거라건타는 어느새 양
옆으로 물러나 있었다.

─오랜만이구나, 표.

"정위……."

─정위라. 참으로 간만에 들어 보는 이름이로군.

그녀의 얼굴을 본 신공표의 얼굴이 일그러졌다.

그 속에는 온갖 감정이 담겨 있었다.

분노. 회한. 슬픔. 미안함.

아주 오래전. 려의 오른팔로 살면서 정위의 어린 시절부
터 그녀가 통천교주로서 반란을 일으킬 때까지 옆을 지켜
봤던 입장으로서 당연히 생길 수밖에 없는 감정들이었다.

통천교주는 가느다란 손가락을 뻗어 신공표의 뺨과 턱을

쓰다듬었다.

누가 본다면 연인의 얼굴을 어루만지는 것처럼 보였으리라.

—사실 봉신방 때의 일이 그렇게 끝나고 난 뒤. 난 유독 너를 찾아다녔었다.

"나를, 왜?"

—넌 강했으니까.

"……."

—넌 그토록 내가 증오하는 배신자였지만, 어찌 되었건 간에 마지막까지 내 옆을 지켜 줬던 사람이었으니까. 신위를 박탈당한 나에게 너는 절교를 대신 맡길 만한 적임자라 여겨졌었다. 이제는 믿을 만은 하다고 생각했지. 하지만.

주르륵.

통천교주가 손톱을 바짝 세웠다. 상처가 그어지면서 신공표의 뺨을 따라 피가 흘러내렸다.

—또 나를 기만했었구나, 표.

"……."

—내가 그토록 려를 찾아 헤매고 있다는 걸 알고 있었으면서! 누구보다 잘 알고 있었으면서! 잘도!

언제나 망가진 인형처럼 무감정이었던 통천교주의 눈동자에, 처음으로 분노가 가득했다.

―그래. 너는 이런 놈이었다! 처음부터 끝까지. 배신만 일삼는 족속이었어!

날카로운 손톱이 신공표의 살갗을 파고든다.

꽈악. 이대로 힘만 준다면 그의 머리통은 거세게 바수어지리라.

신공표는 눈살을 좁혔다.

아파서가 아니었다.

그녀가 안타까워서였다.

"너의 그 비뚤어진 애정, 만약 려가 안다면 어떤 표정을 지을까?"

―상관없다.

통천교주는 신공표에게서 손을 떼며 한 발 물러섰다.

―내가 바라는 건 단 하나뿐.

분노가 사라지고, 그녀의 입가엔 미소가 걸렸다.

―그를 가지기만 하면 되는 것이니까.

"파편은 못 넘겨줘!"

―네가 넘기지 않는다고 해서 마음대로 될 수 있는 게 아니니라.

"정위!"

신공표가 눈에 핏대를 세우면서 통천교주의 이름을 처절하게 불렀다.

하지만 통천교주는 그의 미간으로 손을 뻗고 있었다.

파르르.

신공표의 미간 위로, 짙은 파문이 그려지며 통천교주의 손을 삼킨다. 통천교주는 더 깊게 손을 밀어 넣었다.

그럴수록 파문은 더 크게 퍼지면서 온갖 다양한 환상을 그려 냈다.

그와 그녀 사이에 연결된 과거가 꿈으로 재현되면서,

촤촤촤촤촤!

통천교주는 그 속에 있을 려의 파편을 찾아 뒤적였다.

*   *   *

「지호!」

「뭘 하는 겐가! 저러다 표가 위험하겠어……!」

허신들이 놀라 소리친다.

하지만 지호는 고개를 저었다.

'아뇨. 아직입니다.'

「…….」

과보 역시 말없이 지켜보기만 했다.

환희에 가득 찬 자신의 누이, 통천교주를.

그런 지호가 깃든 오관왕을,

"음."

비마질다라가 가만히 쳐다보고 있었다.

*　　　*　　　*

통천교주가 손을 더 깊숙하게 밀어 넣을수록 공간은 더
크게 출렁인다.

수많은 환상들이 자꾸 나타났다 사라지길 반복한다.

　"려! 제발 진정해 봐! 제발! 내가 어떻게든 희를
　설득해 볼 테니까……! 이대로 전쟁이 벌어지면 모
　든 게 끝장이라고!"

　—더 이상 할 이야기 없다.

　"려!"

　—너야말로 정해라. 나인가, 희인가?

려를 말리는 신공표의 모습도.

　"대체 왜 이런 짓을 저지른 것이냐, 희…… 너희
　들은 세상 누구보다 마음이 잘 맞던 친구들이 아니

냐고. 그런데 왜 이런 짓을 저질러야 했던 거지?"

"미안하구나, 표. 하지만 어쩔 수 없었다."

"무엇이 대체 널 이렇게 만든 거야……."

"신념의 차이다. 수미산은 더 이상 가망이 없어."

희를 설득하려다 밀려나는 신공표의 모습도.

"배신자."

"……."

"부역자."

"……."

"우습네요. 당신을 믿고 의지하던 려를 버리고 이런 곳에서 만나게 될 줄은."

"……할 말이 없구나."

"하긴! 저도 사실 따지고 보면 이렇게 말할 자격은 없는 거겠죠. 크게 보면 저도 저 한 몸 살고자 여기 와 있는 거니까. 하지만 저는 당신과 다를 거예요."

"정위야."

"그렇게 부르지 마세요. 역겨우니까."

배반한 후, 천신의 진영에서 정위를 만나 눈물을 흘리던
신공표의 모습도.

　　"이제 결정하세요."
　　"……꼭 이렇게 해야만 했니?"
　　"오랫동안 준비했던 것이고, 이미 주사위는 던져
　　졌어요. 당신이 지난날의 일에 대한 속죄를 할 수 있
　　는 방법은 이것밖에는 없어요."
　　"알았다. 널 따르마."

　　반란을 결정한 통천교주를 따르겠다고 맹세할 당시 신공
표의 모습도.

　신공표의 꿈은 계속 나타났다가 사라지기를 반복했다.
　퍼석!
　통천교주가 안쪽에서 뭔가를 잡더니 살짝 미소를 지으면
서 거칠게 뽑았다.
　징, 징, 징.
　놓으라며 발버둥치는 붉은색 석영.
　—이로써 또 하나를 찾았구나.
　얼음 가면을 쓴 것처럼 딱딱하던 통천교주의 입가가 저

절로 올라간다.

그러다 그녀는 빈 왼손을 활짝 펼쳤다.

그러자 거의 반쪽이 완성된 붉은 구슬이 나타났다. 파편은 그리로 저절로 빨려 들어가더니, 딸칵 하는 소리와 함께 합쳐졌다.

"려는…… 잠들기를 원했다. 다시는 그런 비극들을 만들고 싶지 않다면서 눈을 감았다고! 그런데도 넌 녀석의 바람을 이따위로 망쳐 버릴 속셈이냐!"

신공표의 모습이 점차 희미해져 간다.

그가 허신으로 남은 이유는 파편을 지키기 위해서였다. 그런데 그것을 빼앗기고 말았으니 존재감을 상실할 수밖에.

—나 역시 그의 잠을 깨울 생각은 없느니라. 그저 내 옆을 지켜 주기만을 바랄 뿐.

"비뚤어졌구나, 너의 그 애정."

—알고 있도다.

통천교주는 검은 날개를 활짝 펼쳤다. 깃털이 두어 개 떨어졌다. 마치 보석을 세공한 것처럼 윤기가 자르르 흘렀다.

—하지만 비뚤어지지 않고서야 어찌 그 오랜 세월을 버틸 수 있었을까? 가족도 형제도 모두 잃은 나에게 있어 그만이 유일한 버팀목이었던 것을.

날개를 펄럭인다.

—그러니 나는 모든 것을 올바른 곳으로 되돌리고 말 것이니라. 모든 것을…….

통천교주는 자신을 안타까운 시선으로 바라보는 신공표를 무시하고 바닥으로 손을 뻗었다.

그러자 하늘에 상이 맺혔을 때처럼 지면에도 검은 물결이 흔들리면서 저 아래로 향하는 새로운 통로를 열었다. 수많은 수풀과 마수가 우글거리는 상이 맺혔다.

"마…… 해?"

신공표가 흔들리는 눈동자로 중얼거렸다.

—그러니라. 지금부터 똑똑히 지켜보아라. 려는, 효마는, 오늘부로 눈을 뜨게 될 터이니. 시간이 얼마 남지 않은 너에게는 마지막 축복이 될 것이다.

"그만둬!"

신공표는 통천교주의 노림수를 알 것 같았다.

72마신들은 저승으로. 통천교주는 마해로.

이렇게 두 진영으로 나뉜 이유.

통천교주는 이 두 장소를 악몽으로 엮어 구분선을 없애고, 마해 깊숙한 곳에 잠들어 있을 려의 남은 파편을 찾아 합칠 생각인 것이다. 아마 이때를 위해 사흉을 마해로 보낸 것이겠지.

그리고 반고도 마저 깨워 절지천통을 깨뜨리면서 천계로의 진군을 시작한다……

그때는 온 세상이 악몽으로 뒤덮이리라!

"되돌린다면서! 이건 모든 걸 파멸로 몰아가는 행위밖에 더 되느냔 말이다아아! 려는 이런 걸 바라지 않았어! 그는 세계의 존속을 원했다고!"

하지만 통천교주는 신공표의 절규 따윈 들리지 않는다는 듯이 마해로 건너가기 위해 발길을 내디뎠다. 그녀를 둘러싼 악몽의 영역도 저승을 넘어 마해에 닿기 위해 가지를 뻗으려 했지만,

—……뭐지?

통천교주는 상에 닿기만 할 뿐, 통과를 할 수가 없었다.

보이지 않는 장벽이 그녀를 가로막고 있었다.

*　　　*　　　*

'이대로 끝내야 하나?'

신공표는 모든 게 싫었다.

이대로 끝내야 한다는 사실이.

아무것도 이루지 못하고. 그의 마지막 유지도 지켜 주지 못한 채 이렇게 허망하게 스러져야 한다는 사실이.

하지만 그가 할 수 있는 일이란 없었다.

몸이 흐릿해져 감에 따라 뇌공편도 위력이 약해진다. 세상을 인식하는 감각이 무뎌지면서 존재감도 서서히 사라지려 했다.

사실 자신은 이대로 사라져도 이상하지 않을 존재. 수미산이 열린 이후로 무언가 이룬 것 하나 없기에 흔적도 없이 사라진다고 해도 누구 하나 기억해 줄 사람도 없다.

하지만 그래도,

'한 번만 더 기회가 있다면.'

언제나 후회로 가득했던 삶이었기에.

'그런다면 잘하고 싶은데⋯⋯.'

그 후회를 모두 털어 버리고 싶었건만.

그렇게 스르르 사려지려 하는데,

「만약 그 기회가 새로이 주어진다면.」

희미해져 가는 의식 속으로 어떤 목소리가 끼어들었다.

어딘지 모르게 낯이 익은 목소리다.

아, 그렇구나.

려. 네가 마중이라도 나와 준 거냐?

그동안 많이 외로웠나 보구나. 이렇게 찾아와 주기까지하고 말이야.

그래도 여전히 날 친구로 생각해 줬구나.

「무얼 하고 싶은가?」

뭘 하고 싶냐고?

그야 당연하잖아.

'너의 옆에 다시 한 번 서고 싶다.'

「그 소원, 이뤄 주지.」

                        *   *   *

통천교주는 인상을 찡그렸다.

대체 왜 이런 거지?

"교주! 꿈이 닫히고 있어!"

—뭣이?

위쪽에서 들리는 거라건타의 목소리에 통천교주는 하늘의 상으로 고개를 들었다가 두 눈을 부릅떴다.

상이 흐려진다.

하늘과 지면 가릴 것 없이, 외부로 연결되었던 통로가 모두 닫힌다. 악몽이 잠기고 있었다.

꿈은 그녀의 신위. 통천교주가 손을 뻗어 신위를 조절하려 했지만, 이미 제어권은 그녀의 손을 떠나 있었다.

그때.

통천교주는 씩 웃고 있는 오관왕을 발견했다.

외관은 다르지만. 짝다리를 짚고 고개를 외로 꼰 모습에서 누군가가 겹쳐졌다.

다시는 보고 싶지 않은 녀석.

―또 네놈이냐아아아, 천마아아아아아!

그 순간,

화아아아악!

온통 어둠으로 가득했던 악몽에 하얀 물감을 떨어뜨린 것처럼 새하얀 빛이 솟아나 전역을 밝게 가득 물들였다. 새하얀 서광과 황금빛 물결이 얼마나 눈이 부신지, 통천교주는 이대로 눈이 머는 게 아닐까 싶을 정도였다.

스스스.

오관왕의 모습이 사라지고, 화안금정을 번뜩이는 지호의 모습이 남았다.

미소에 깐족대는 웃음이 걸렸다.

"알로하?"

―네 이 노오오오오옴!

통천교주의 절규가 가득 퍼지는 가운데, 비마질다라가 등에서 대검을 뽑아 지호에게 휘두르고 있었다. 바치와 거라건타도 공격을 감행하려 했지만,

파직! 파지지지직!

어느 곳에서 뇌기가 튀더니,

콰르르르르르르르릉!

그들 사이로 벼락이 크게 튀면서 모든 공격을 압도적인
힘으로 분쇄시켜 버렸다.

세 아수라왕들은 반발력을 이기지 못하고 멀찍이 떨어져
그쪽을 노려봤다. 두 눈에는 믿을 수 없다는 경악에 찬 파
문이 가득 그려졌다.

"어느 누가 있어, 감히."

파직, 파지직! 자잘한 뇌기를 수없이 번뜩이면서. 지호를
지키기 위해 한 남자가 우뚝 서서 두 눈을 부라린다. 손목
에 감긴 채찍은 아홉 갈래로 나뉘어 둘을 보호하면서 언제
든 잔혹한 이빨을 드러낼 준비를 하고 있었다.

"내 주군을, 함부로 해하려 드느냐?"

신공표는 차가운 송곳니를 흰히 드러내며 짐승처럼 놈들
에게 으르렁거렸다.

＊　　　＊　　　＊

이변은 곳곳에서 일어나고 있었다.

"진광왕, 드디어 네놈의 머리통을 부술 수 있겠구나."
경은 쿡쿡 터지는 웃음을 멈출 수가 없었다.

여태 이 날을 위해 얼마나 참았던가.

그는 사실 명부시왕이란 것들이 도무지 마음에 들지를 않았다.

쥐뿔도 없는 것들이, 수미산은 기억도 하지 못할 것들이, 고작 세계 하나를 차지했다고 해서 이렇게 거들먹거리고 있는 꼴이라니.

그래도 여태 내버려 뒀던 건 저승을 다스리는 데 필요해서였을 뿐.

하지만 이제 저승과 마해를 통합하고, 반고를 깨워 본격적인 진군을 시작하려는 그들에게 있어 놈들은 필요 없는 존재에 불과했다.

콰콰콰콰콰콰!

경은 마기를 휘몰아치면서 손날을 세워 진광왕의 목을 치려 했다. 태산왕과 변성왕의 합공을 받느라 정신이 없는 놈을 베기란 너무 쉬워 보였다.

하지만,

씨익!

'웃어?'

손날이 진광왕의 목덜미를 치려는 찰나, 갑자기 진광왕이 불길한 웃음을 터뜨렸다.

그리고 갑자기 태산왕과 변성왕이 몸을 반대로 돌리더니

이쪽으로 칼과 창을 휘두르는 게 아닌가!

'함정!'

하지만 깨달았을 때는 이미 늦은 뒤였다.

스걱!

사지가 잘려 나가고 심장이 터진다. 머리통마저 허공으로 튀어 오르는 가운데, 진광왕은 핏물로 잔뜩 범벅이 된 손을 혀로 핥으며 소리쳤다.

"전원, 공격하라!"

싸우는 '척' 하던 세 왕의 군대가 일제히 칼날을 마신들에게로 쏟아부었다. 그리고 외곽에서 대기하고 있던 군단도 전장으로 쏟아지면서 마신 진영은 삽시간에 포위 상태가 되고 말았다.

화아아아!

혹한(酷寒)과 한풍이 휘몰아친다.

"어떻게, 어떻게……!"

음왕은 자신이 소환한 독룡이 삽시간에 터져 버리는 것으로도 모자라, 악몽을 통과하자마자 바로 한파에 얼어붙은 동료들을 보며 도저히 믿을 수가 없었다.

"흠. 다 한꺼번에 잡을 생각이었는데 쉽지가 않군."

"그러게 말일세."

오도전륜왕의 혼잣말에 평등왕이 고개를 끄덕인다.

분명 방금 전까지 악착같이 싸우고 있었던 녀석들이건만. 지금은 너무 평화롭게 대화를 하는 중이다. 마치 이렇게 될 줄 알았다는 태도.

'놈들에게 당했다! 어떻게든 돌아가야……!'

하지만 통천교주가 있는 곳으로 돌아가려 해도 그곳 역시 막혀 버린 지 오래였다.

음왕의 머릿속이 새하얗게 질렸다.

'교주!'

둥, 둥, 둥, 둥……!

전고(戰鼓)가 마구 울린다. 심장이 두근거린다.

오와 열을 맞춰 정렬된 병사들을 보며, 염라왕이 소리쳤다.

"전원, 진군하라!"

57장

악몽의 끝

"대체 지호는 왜 이리 오지 않는 것일까?"

소호 금천 일행은 삼도천에서 지호와 헤어진 이후, 뭍에 무사히 도착하는 데 성공했다.

지호가 빌려준 삼장의 사리는 안개를 가로지르는 등대 불빛처럼 가장 빠른 길을 안내해 줬다. 초강왕의 방해가 없으니 움직이는 게 너무 쉬웠다.

"부디 아무런 일도 없어야 할 텐데."

하지만 그렇기에 지호가 더더욱 걱정되었다.

뭍에 다다를 즈음이 되어서 삼도천이 바닥을 드러냈었으니까.

이는 지호와 초강왕의 싸움이 극에 달했었다는 뜻이 아니고 또 무엇일까.

그렇게 일행은 지호가 곧 건너오리라 믿고, 뭍에 마련된 어느 정박장에 머무르게 되었다.

원래는 판결을 받기 위해 망자들이 섰을 길목에 위치한 정박장은, 일종의 도시라 할 수 있었다. 저승의 사람들도 이승과 다를 것 없이 술을 마시고, 수다를 떨고, 오락거리를 즐긴다는 것을 보여 주려는 듯 화려했다.

하지만 지금은 오랜 전란으로 빛이 바래진 곳이기에 사람 하나 찾아볼 수 없었다.

모두가 떠나 버린 도시.

간간이 난민들이나 속을 알 수 없는 사람들의 기척도 느껴졌지만, 일행에게 접근하는 사람은 아무도 없었다.

결국 을씨년스러운 분위기만 풍기는 곳에서 일행은 주인이 없는 객잔을 하나 차지하고 있었다.

곧 지호가 돌아올 것이라 믿으며.

저승의 법칙 때문에 아카식 레코드를 쓸 수 없어도 자신들은 심령으로 연결된 사이이니, 찾으려면 얼마든지 찾을 수 있을 거란 생각에서였다.

하지만 꽤 시간이 지나도 지호는 찾아오지 않았다.

"역시 이야기했던 대로 흑승으로 가야 하지 않겠소?"

이예가 가장 먼저 의견을 내놓았다.

지호와 삼도천에서 헤어질 때 약속했던 장소는 2개였다. 뭍의 도시냐, 흑승지옥이냐.

염라왕이 그곳에 있다 하지 않던가.

"흠. 역시 바로 그곳으로 갔으려나? 상당히 위험할 것인데."

소호 금천의 눈가에 잔뜩 주름이 졌다.

"절교가 이만큼이나 득세를 했을 줄은 생각도 못했으니."

"동감일세. 벌써 이렇게까지 됐을 줄은."

저승의 상황을 떠올린 소호 금천은 침음을 흘렸다.

사실 자신들이 있는 곳은 지옥으로 가는 관문, 어느 곳 중 하나로만 여겼었다.

그런데 난민이 했던 말을 들었을 때 충격을 받았다.

극락.

이곳은 분명 지옥과 함께 저승을 양분한다는 곳. 선한 사람들이 간다는 장소였던 것이다…….

그런 곳조차 철저하게 망가졌을 만큼 저승은 참혹한 상태였다.

"왜. 그 아이는 대체……."

소호 금천 역시 한때 수미산을 다스렸던 108명의 왕 중

한 사람이었기에.

유구한 역사를 지녔던 열산의 공주이자, 수미산의 맹주였던 염제 신농의 딸이며, 이제는 통천교주가 된 정위에 대해 잘 알고 있었다.

왜(娃).

달리 정위라 부르는 아이.

분명 자신의 기억 속에 있는 그녀는 아주 작고, 수줍음이 많으며, 아랫사람들에게도 상냥하던 아이였다.

열산이 그렇게 무너졌다는 말을 들었을 때, 그녀라도 구해 보려 병사를 보내기까지 했으니.

하지만 그때는 이미 모든 것이 끝난 뒤였다.

염제 신농은 죽었고, 열산의 백성들은 모두 산산이 흩어졌으며, 그 많던 왕족들도 모두 자취를 감춘 뒤였다.

아마도 그러한 전란이 그 작디작고, 여리디여렸던 아이를 이렇게 만들어 놓은 것이 아닐까.

'그러고 보니 왜와 똑같은 아이가 하나 더 있었지.'

정위에게는 수많은 형제와 자매들이 있었다.

하지만 아래로는 딱 한 명의 막내 동생이 있었으니.

'과보.'

흔히 사람들이 바보 거인이라 부를 만큼 순박했던 아이. 태양을 좇으며 북쪽으로 달리고 달리다 눈을 감았다고 하던가.

지금은 자신처럼 묘지기로 있다가, 지호와 같이 있게 되었으니. 아마도 지호의 눈을 빌어 자신의 누이가 저지른 일들을 보게 되었을 것이다.

'두 사람은 누구보다 우애가 깊었었지.'

다른 형제자매들과 달리 나이가 비슷했기 때문일까.

과거에 과보와 정위는 늘 찰떡같이 달라붙어 있었다.

'과보, 그 아이가 받는 충격이 클 것인데. 만약 두 사람이 만나게 된다면 어떤 일이 벌어질는지……'

소호 금천은 과거가 주는 슬픔이 너무 안타깝게만 느껴졌다.

그러나 생각도 잠시.

그는 고개를 털었다.

과거는 과거. 현재는 현재.

둘 사이에 연결된 매듭이 있다면 잘라 내야만 한다.

그렇지 않고서야 계속 과거에만 얽매여 아무것도 해내지 못할 테니까.

여태껏 자신이 그러하지 않았던가.

"흑승으로 움직이세."

소호 금천의 말에 이예가 그를 쳐다봤다.

"당장 여기 있다고 해서 달라질 것도 없으니. 그리고 만약 염라에게 무슨 일이 생겨 지호가 그곳으로 먼저 움직인 것일 수도 있는 것이고. 안 그런가?"

"알겠소. 하면 떠날 차비를 갖추도록 하겠소."

"그러세. 한데, 홍해아는 어디로 간 겐가?"

"뭔가 확인할 게 있다며 잠시 자리를 비웠었는데……
아, 저기 오는군."

이예는 객잔을 열고 나타나는 홍해아를 보며 가만히 눈살을 좁혔다.

들어오는 사람은 홍해아만이 아니었다.

마치 정체를 숨기려는 듯 남루한 옷차림에 머리에 방갓을 깊숙하게 눌러쓴 사람이 두 명.

그중 앞에 있는 이는 한 손에 칼을 쥔 채 쉴 새 없이 주변을 두리번거린다. 다른 누군가가 있지 않을까 경계하듯. 호위 무사처럼 보였다.

반면에 뒤에 있는 이는 조용했다.

하지만 소호 금천과 이예는 느낄 수 있었다.

'공기가 무겁다.'

걷는 동작하며, 은연중에 풍기는 분위기.

결코 범상치 않은 자였다.

"다녀왔습니다."

홍해아의 인사. 소호 금천이 물었다.

"같이 오신 손님들은 누구신지?"

"저……!"

"이 사람들인가? 우리를 도와줄 수 있다는 사람들이."

홍해아가 뭐라고 말하려는데, 손에 칼을 쥔 사내가 불쑥 끼어들었다.

방갓 아래. 그는 왼손 검지로 삿갓 끝을 살짝 올리면서 예리한 눈길로 소호 금천과 이예를 살폈다. 그 모습이 마치 품평을 하는 듯한 투다.

이예는 눈살을 좁혔지만, 소호 금천은 눈치를 주면서 그를 달랬다.

툭.

그러다 호위 무사가 손길을 거뒀다.

"천마라는 자는 없군. 초강왕에게 당한 것인가? 겨우 졸장(拙將)들이서 뭘 할 수 있다는 것인지. 쯧."

"졸장?"

이예의 눈빛이 사나워졌다.

졸장은 멍청하고 무능한 장수들을 뜻하는 말.

소호 금천도 여기까진 막을 수 없었다.

"그럼 졸장이 아니라면 뭐지? 한낱 계집에게 정신 팔려 상제에게 쫓겨난 놈과 이제는 기억도 안 날 옛 나라의 주인이?"

방갓 아래로 피식 웃음소리가 터졌다. 명백한 비웃음.

그 순간,

팟!

이예가 탁자를 박차며 몸을 움직였다.

"하!"

호위 무사는 그럴 줄 알았다는 듯이 한 발자국 뒤로 물러서며 검집 채로 이예의 목덜미를 후려쳤다.

하지만 이예는 물 흐르듯이 검집을 부드럽게 흘리면서 녀석의 가슴팍으로 손을 뻗었다.

타닥, 탁!

순식간에 두 사람 사이에 박투가 이어진다.

홍해아가 중간에서 허둥지둥거렸지만, 소호 금천과 호위 무사의 뒤에 있던 사람은 가만히 방관했다.

그 사이. 이예가 호위무사의 손을 옆으로 쳐 내고, 화살통에서 뽑은 소증의 끄트머리를 놈의 턱에다 갖다 붙였다. 순식간에 둘의 싸움이 정지되었다.

"내가 졸장이라면, 그쪽은 병졸쯤 되겠군."

피식. 이번에는 이예가 비웃음을 던졌다.

호위 무사의 인상이 흉악하게 일그러지면서 반격을 가하려는 찰나,

"그만."

뒤에 있던 사내가 나지막한 목소리로 말했다.

작지만, 무게가 가득 실린 목소리.

"하지만……!"

"그만하라 하였다."

"……면목 없습니다."

결국 호위 무사는 더 이상 항변하지 못하고 물러섰다.

사내가 성큼 앞으로 나서며 허리를 숙이고 포권을 취했다.

"최근 들어 좋지 않은 일이 많아 아랫사람이 신경이 많이 날카로워져 실수를 저질렀던 것이니, 부디 넓은 마음으로 이해해 주시길 바랍니다."

"그런 것치고는 뭔가 확신을 얻으려는 눈치였네만."

소호 금천은 눈짓으로 이예를 뒤로 물렸다. 하지만 사내를 노려보는 눈길은 매서웠다.

과연 오제라 불릴 만한 분위기.

이미 그의 존재감은 객잔 내부를 뒤흔들고 있을 정도였다.

호위 무사는 얼결에 놀라 검 쪽으로 손을 가져가려 했지만,

"하하하핫. 알겠습니다. 다시 사죄드리지요."

사내가 먼저 더 정성스레 허리를 숙였다.

"진심으로 사과한다면 얼굴은 보여야 하지 않겠나?"

"이런. 계속 쓰고 있어 깜빡했습니다."

그러고는 방갓을 벗었을 때.

이예는 크게 놀랐다. 전혀 생각지도 못한 얼굴이었기 때문이었다.

그도 잘 아는 사람.

하지만 소호 금천은 무덤덤했다.

"역시, 라는 얼굴이시군요."

"자네가 아니고서야 누가 이렇게 고약하게 굴겠나. 뭐, 이해는 한다네. 자네로서도 우리를 믿고 의지할 수 있을지 확신을 얻고 싶었던 것이겠지."

사내의 입꼬리가 씩 말려 올라간다.

소호 금천이 혀를 차며 그의 이름을 입에 올렸다.

"지장(地藏)."

여태껏 모습을 보이지 않았던 이. 염라왕과 함께 저승을 나눠 다스린다는 극락의 주인, 지장불이었다.

*   *   *

새하얀 빛으로 물든 악몽의 바다에서.

신공표는 신기(神技)에 가까운 재주를 선보였다. 아홉 갈

래로 쪼개진 채찍은 길이도 어마어마해서 사방팔방으로 날
아다니며 쉴 새 없이 벼락을 뿌려 댔다.

쾅릉! 콰르르르르릉!

콰콰콰콰콰콰콰!

저대로 대기가 타 버리는 게 아닐까 싶을 정도로 강맹한
위력.

거라건타가 수룡을 소환할 때마다 채찍은 이를 부수고
뇌전으로 지져 버렸고, 바치가 일으킨 태풍은 가볍게 박살
나면서 녀석의 몸뚱이를 후려쳤다.

더구나 제멋대로 다니면서 때로는 두세 갈래씩 하나로
엮어지며 공격하기도 하고, 사각 지대를 교묘하게 파고드
는 것들도 있어 투로를 예상하기가 여간 어려운 게 아니었
다.

결국 거라건타는 한 번도 신공표에게 가까이 다가가질
못했고, 온 몸으로 공격을 막아 내야만 했던 바치는 전신이
피와 시커먼 그을음으로 뒤덮인 신세가 되고 말았다.

"노오오오오오옴!"

그런 점이 자존심 강한 바치를 건드려 결국 폭발하게 만
들었다. 마치 멧돼지처럼 태풍을 동반하며 공세를 가하려
했지만,

"흥!"

신공표는 가벼운 코웃음과 함께 뇌공편을 안쪽으로 잡아당겼다. 그러자 아홉 갈래 중 다섯 개가 한데 엮이면서 그대로 뒤에서부터 바치를 후려쳤다.

콰아아아아아아앙!

바치는 가까스로 공격을 튕겨 낼 수 있었지만, 채찍은 다시 다섯 갈래로 쪼개지면서 방대한 범위에 걸쳐 뇌기를 뿌렸다.

뇌전망!

하늘을 따라 샛노란 그물이 쳐졌다.

"크으으으으윽!"

바치는 새카맣게 타오르는 모습으로 두 눈이 시뻘겋게 충혈 되었다.

그만큼 그가 받는 충격이 대단한 것이리라.

그야말로 압도적인 공세.

"어느 누구도 주군의 곁에 다가갈 수 없다."

신공표는 싸늘한 눈빛으로 중얼거렸다.

다시 자신에게 주어진 기회.

온갖 후회와 한탄 속에서 주어진 기회다. 이번에는 절대 놓칠 수 없었다.

휘리리리리릭!

다시 채찍을 부려 공세를 재개하는 사이.

비마질다라는 지호에게 대검을 거세게 휘둘렀지만, 가로 막히고 말았다.

어느새 번쩍 하고 눈앞에 나타난 거대한 신룡, 청룡이 입으로 대검을 세게 물며 커다란 눈동자로 그를 노려보고 있었던 것이다.

크르르르!

—너, 나쁜 놈이야!

"허허허허. 왜 그렇게 생각하는고?"

—지호 괴롭히려고 하잖아!

"참으로 편한 이분법적 사고구나. 마음에 들어. 하지만 미물아, 여기는 네가 나설 자리가 아닌 듯싶구나."

비마질다라는 훈훈한 미소와는 다르게 잔혹한 눈빛을 드러내면서 대검을 아래로 내리쳤다. 마기가 들불처럼 일어나 세상을 갈랐다.

천계의 사천왕을 일격에 갈라 버릴 정도로 강한 힘!

하지만 청룡 역시 응룡을 이은 몸. 허무를 품고 있기에 쩍 벌어진 입에서 치솟은 불길은 비마질다라의 마기를 지워 버리기 충분했다.

콰콰콰쾅!

이 둘에게서 뿜어져 나온 빛과 어둠이 악몽의 바다를 몇 번이고 흔들었다.

쿠쿠쿠쿠쿠쿠쿠!

지호는 통천교주에게로 다가갔다.

그럴수록 통천교주의 얼굴이 잔뜩 일그러졌다.

―너희들은 어째서. 어째서. 어째서! 이리도 매번 나를 방해하려고만 든단 말이냐아! 어째서!

"……."

―옛 사람을 한 번 보겠다는 것이 그리도 잘못된 것인가! 지난 시간을 되짚어 보겠다는 게 그리도 헛된 것이냐! 잘못된 것을 바로잡고자 하는 게 무엇이 나쁘냔 말이다!

하지만 지호는 통천교주의 울분에도 대답하지 않았다.

툭!

그저 바닥에 착지했을 때, 전혀 다른 모습으로 변해 있었다. 신위 속에 있던 녀석을 꺼낸다.

―너, 너……?

통천교주의 눈빛이 흔들렸다.

"오랜만. 누이."

과보가 안타까운 눈빛으로 통천교주를 바라보았다.

*　　　*　　　*

여태껏 흐리기만 해서 제대로 된 의사 표현도 하지 못했던 과보였건만.

누이를 만났기 때문일까?

과보는 여태 잠잠했던 것이 거짓말이었던 듯, 신격이 순식간에 강화되기 시작했다.

덕분에 지호는 그 속에서 많은 것들을 볼 수 있었다.

*   *   *

옛날 옛적.

남들이 상고 시대라 불렀을 당시.

수미산에는 108개의 나라가 있었고, 108명의 왕이 있었다.

하지만 그들은 서로 다른 이권으로 매번 분쟁을 겪고, 때로는 상대 국가의 내정에 간섭을 하여 자신들에게 이롭게 끌어내리려 하다 부딪치기도 했다.

결국 이러한 혼란을 그치고자, 108명의 왕들은 합의를 통해 분쟁과 혼란을 중재해 줄 존재를 찾고자 했다.

그것이 바로 염제 신농.

훗날, 삼황(三皇) 중 마지막으로 손꼽히는 자였다.

염제 신농은 아주 대단했다.

불을 다루면서 최초로 쇠를 이용해 농기구를 보급하기 시작했고, 수백 종의 약초와 독초를 직접 먹으면서 구분했으며, 혈도의 길을 알아내어 의술을 몇 단계 이상 강화시키는 등 업적을 이뤘다.

어디 그뿐이랴.

그가 다스리는 열산은 유구한 역사 동안 수미산에 두루 영향을 끼치기까지 했으니.

염제 신농이 수미산의 맹주가 되는 데는 전혀 무리가 없었다.

덕분에 수많은 국가와 씨족에서 그와 연대를 맺기 바라면서 혈맹(血盟, 혼약을 통한 동맹)을 선언했으니.

때문에 염제 신농은 수많은 자식을 볼 수 있었다.

저마다 어미가 전부 다른 자식들을.

정위와 과보도 그들 중 하나였다.

"뭐야? 너 또 얼굴이 왜 그래?"

"헤헤헤. 넘어졌어."

"웃기지 마. 다치면 이렇게 상처 안 입거든? 누구야? 설마 또 요희한테 맞은 거야?"

"아, 아냐. 그런 거……."

"아니긴 뭐가 아니야! 맞는 거 같구만!"

과보는 누나 정위가 화를 낼 때면 벌벌 떨었다.

분명 인형처럼 아주 작고 귀엽기만 한 누나이건만. 왜 이리 화를 낼 때면 무섭기만 한지. 때로는 아버지보다 더 무섭게 느껴졌다.

그에 비하면 자신은 거인족인 어머니를 닮아 키도 크고 덩치도 있었다. 그런데 기백은 그렇지 못해서 언제나 바보니 천치니 하는 소리를 달고 살았다.

누이가 그런 자신이 안타까워 이렇게 잔소리를 한다는 것쯤은 그도 잘 알고 있었다.

"왜 그렇게 웃어?"

"헤헤헤헤. 아니. 그냥 누나가 좋아서."

정위는 인상을 팍 찡그렸다.

"꺼져. 이 멍청아."

둘이서 나누는 대화는 영락없는 남매지간의 것이었다.

휙 고개를 돌린 정위의 입가에는 피식 웃음이 살짝 걸렸다.

타고난 전사이지만 생김새나 문화가 일반 씨족들과는 너무 달라 배척을 받은 거인족.

그들은 염제 신농의 가호를 받아 씨족의 몰락만은 어떻게든 막아 보고자 했다.

그렇게 해서 탄생한 이가 과보였다.

하지만 과보는 염제 신농의 자식이지만, 자식 취급을 받지 못했다.

그의 힘이 되어 줘야 할 거인족의 힘이 너무 약한 데다가, 그늘이 되어 줘야 할 아버지도 그를 보살펴 주지 못했기 때문이었다.

아버지는 언제나 열산과 수미산의 일만 해도 바빴다. 더구나 대체 무슨 일을 하시는지 매일 밤만 되면 어디론가 사라지고, 새벽이 되어서야 기진맥진한 상태로 돌아오셨다.

마을 사람들은 반고가 마해에서 튀어나오려 한다느니, 쇠사슬을 보수해야 한다느니, 알 수 없는 소리만 떠들어 댈 뿐이었다.

그런 그에게 정위가 다가와 보살펴 주기 시작한 건 여러모로 많은 사람들의 이목을 집중시키기 충분했다. 하나같이 의아함을 던진 것이다.

"정위 님이 대체 뭐가 부족하셔서?"

"그러게."

"멍청한 것들. 아직도 모르겠나? 이게 다 유교 님을 닮아 한없이 자상하신 성품을 갖고 계시니, 과보가 안타까우신 게지."

"과연."

정위는 여러모로 과보와는 반대에 놓인 사람이었다.

거인족에 이름도 제대로 없는 과보의 어머니와 다르게 정위의 어머니는, 저 위대한 여와의 피를 타고난 고귀한 존재.

비록 정위를 낳다가 일찍 눈을 감긴 했다지만, 그녀의 자상한 성품은 여전히 열산 내에 깊게 각인되어 있을 정도였다.

그러니 당연히 정위는 떠받들어질 수밖에 없었다.

가장 고귀한 자식과 비천한 자식의 조합이라니.

때로는 자신 때문에 누이가 손가락질을 받기도 했기 때문에 조심히 이야기를 꺼내기도 했지만,

"멍청아. 다른 사람들 눈치를 왜 봐?"

"하, 하지만……."

"왜? 내가 불편해?"

"그, 그건 아니지만……."

"그럼 잔말 말고 따라와."

"으, 응."

이따금 과보는 정위가 참 아버지를 많이 닮았다는 생각을 하곤 했다.

어떻게 저렇게 인형같이 예쁜 얼굴에서 저런 독설이 나올 수 있는 거지?

그러면서 한편으로는 그런 생각도 들었다.

대체 나는 언제쯤이면 누이처럼 저리 당당하게 말할 수 있게 될까?

정위가 왜 자신을 돌봐 주는지 알게 된 건 그로부터 몇 년이 지나서였다.

아침 댓바람부터 아버지의 소집 명령이 있었다.

수많은 형제들 속에서. 과보는 숨이 턱 하고 막힐 것처럼 갑갑했다. 정위를 찾고자 했지만 이상하게 그녀가 보이지 않았다.

그렇게 머뭇거리는데,

"요희가 죽었다."

아버지가 자식들 앞에서 내뱉은 말은 과보의 머릿속을 새하얗게 만들었다.

요희.

언제나 자신에게는 애증이었던 이름.

"대체 어떻게 된 겁니까, 아버지!"

"어제까지만 해도 건강하게 잘 있던 아이가 갑자기 왜 죽었단 말입니까!"

형제들이 반발했지만, 아버지는 아무 대답이 없었다.

"장례를 모두 치르고 나면 생전 그 아이가 원했던 대로 곤륜으로 보낼 것이다. 서왕모의 보살핌을 받는다면 원통하지는 않겠지."

"아버지!"

"아바마마, 말씀 좀 해 보십시오!"

궁궐은 금세 시끄러워졌다.

과보가 한참 동안 멍하게 있다가, 다시 정신을 차렸을 때에는 궐 뒤편에 놓인 연못에 있었다.

요희는 몇 안 되는 자신과 비슷한 또래의 형제였다.

하지만 그녀와의 사이는 좋지 않았다. 언제나 자신더러 바보라며 놀려 댔고, 함정으로 끌어들여 다치게 만들었던 장본인이었으니까. 분명 어제까지만 해도 자신을 괴롭히려다 정위에게 호되게 혼나기도 했었다.

그런데 죽었단다. 가슴이 휑했다.

그러다 연못가에 누군가 무릎을 모으고 가만히 앉아 있는 게 보였다.

정위였다.

뭔가에 홀린 사람처럼. 과보는 조용히 그녀의 옆으로 가 나란히 앉았다.

"누이."

"……왔어?"

"응."

"……."

"……."

짧은 침묵.

"누이."

"……왜?"

"요희가 죽었대."

"알아."

"어떻게 된 걸까?"

과보는 이 답답한 마음을 어떻게든 털어놓고 싶었다.

겉으로는 늘 툴툴거려도 속마음은 따뜻한 누이였으니까.

이번에도 제대로 상담해 줄 거라 믿었다.

그런데,

"……나 때문이야."

"응?"

"나 때문이라고."

정위는 무릎에다 얼굴을 폭 묻었다.

"내가 그런 말만 하지 않았어도……."

과보는 차마 그녀에게 무슨 일이 있었는지 묻지 못했다.

그저 소리 없이 눈물을 뚝뚝 흘리는 그녀를 안아 주기만 했다.

그러다 문득 그런 생각이 들었다.

이 사람도 나와 똑같은 사람이구나.

언제나 아름답게 반짝이는 태양 같은 존재인 줄로만 알았는데.

사실은 밤하늘을 빛내는 별처럼. 반짝이지만 어디서나 볼 수 있는 그런 사람이구나.

누이가 자신을 도와줬던 건 강해서가 아니었다. 너무 높은 곳에 있어 외로웠기에, 다른 이유로 외로움을 타는 자신을 도와줬던 것이다.

"……과보 주제에."

펑펑 울고 난 뒤, 정위는 자존심이 상한 듯 뿌루퉁하게 그렇게 말했다.

정위와 요희 사이에 있었던 일은 금세 열산 내에 소문이 났다.

요희가 죽기 전날 밤, 정위가 직접 요희를 찾아가 말했단다.

더 이상 과보를 괴롭히지 말라고.

당연히 과보를 장난감 취급하는 요희는 왜 그런 걸로 시비를 거냐며 따졌고, 두 사람 사이에 언쟁이 있었다. 하지만 늘 그렇듯이 정위는 특유의 도도함으로 요희를 찍어 눌렀다.

그리고 이튿날 요희가 눈을 감았다.

자살 같은 건 아니었다. 다른 사람들은 몰랐을 뿐, 요희는 원래 말 못할 병을 앓고 있었다고 한다. 염제 신농이 여러 방면으로 손을 써서 그나마 정상적인 활동이 가능했을 뿐, 죽음까지 극복하지는 못했다.

하지만 정위와 요희 사이의 일은 각색에 각색을 더해 자꾸 이상하게 변질되었다.

"사실상 요희 님을 죽게 만든 건 정위 님이지."

"쉿! 말조심해. 그러다 경을 치면 어쩌려고!"

하지만 정위는 언제나와 똑같았다.

주변에서 뭐라 수군거리더라도 아무렇지 않았다. 아니, 도리어 사람들이 차갑게 대하면 더 차갑게 응수했다.

그러나 과보는 알고 있었다.

사실 그녀는 약한 마음을 숨기기 위해 저러는 것일 뿐, 속은 아주 여리디여린 사람이란 걸.

아마 이때부터였을 것이다.

과보가 여태 무섭다면서 꺼려하던 칼을 들기 시작한 것은.

저 눈물 많고 감정 표현이 서툰 누이를 보호하기 위해서라도 자신이 뛰어다녀야겠다는 생각이 문득 든 것이다.

덕분에 거인족의 핏줄답게, 과보는 무서운 속도로 성장

했다.

아버지를 따라 전장에 나서서 공을 세우고, 이미 기반을 닦아 놨던 형제들을 제치기까지 했다.

처음 그를 가리켜 바보라 불렀던 사람들은 이젠 그를 영웅으로 치켜세웠으며, 언제나 그를 어리석게 보던 형제들은 두 눈에 불만과 시샘을 가득 켰다.

심지어 열산의 왕위를 과보에게 물려줘야 하는 게 아니냐는 말까지 나올 정도였으니.

하지만 이상하게 과보의 입지가 커지면 커질수록, 그와 정위의 거리는 더 멀어졌다.

이게 아닌데.

나는 누이를 도와주려고만 했을 뿐인데. 아무도 그녀를 무시할 수 없도록 옆에서 지켜 주고 싶었던 것뿐인데.

그제야 뒤늦게 깨달았다.

"과보! 과보! 과보!"

이제 자신은 외톨이가 아니게 되었지만,

"⋯⋯."

정위는 여전히 고독 속에서 살고 있다는 것을.

그래서 언젠가는 그녀와 이야기를 나눠 봐야겠다고 생각했다.

하지만.

그때 그 일이 터지고 말았다.

"유웅이다! 유웅이 쳐들어왔다!"

"대체 왜⋯⋯! 왜 희 님께서 우리를 배반하신단 말인가! 대체 왜! 희 님은 신농 님과 형제가 아니었냔 말이다아!"

유웅의 갑작스러운 침략.

그들의 왕, 희는 염제 신농과 피를 나눈 형제지간이었기에 이때의 충격은 클 수밖에 없었다.

그리고 그날.

열산이 몰락하고 말았다.

타오르는 불길. 매캐한 연기.

비명을 지르는 사람들.

염제 신농은 궐 밖에서 들리는 무수한 비명을 들으며 이를 바득바득 갈았다.

콰득!

손에 힘을 잔뜩 주자 팔걸이가 부서진다.

눈가에서는 불길이 토해졌다.

마음 같아서는 일어나고 싶건만. 자신을 둘러싼 수십 개의 칼날들이 섣불리 움직이지 못하게 만든다.

"축융⋯⋯ 네놈이 기어코 일을 저질렀구나."

염제 신농과 눈이 마주친 축융은 가만히 웃기만 할 뿐.

방금 전까지 모시던 주인에게 갖다 댄 칼날을 더 바짝 붙인
다.

탁!

희가 염제 신농 앞에 섰다.

"오랜만이오. 형님."

"내가 언제 네놈에게 형이기나 했더냐?"

"너무하시는군. 비록 지금은 성씨가 갈라졌을지언정 그
래도 피를 나눈 사이임에는 틀림없는 것을."

"그렇다면 지금 이 되도 않는 짓거리나 그만둬라."

"그러지."

"뭐?"

염제 신농은 희의 생각을 알 수 없어 인상을 찡그렸다.
그러다 이어지는 말에 노호를 터뜨렸다.

"대신 태양로(太陽爐)를 내놓는다면."

"뭣이!"

"역시 못 주시겠군."

"그게 무엇인지 알고나 하는 소리더냐!"

"알다마다. 복희에서부터 수인, 그리고 형님에 이르기
까지. 삼황가(三皇家)에 대대로 내려오는 여와의 신물이자,
저 깊은 마해에 잠든 반고를 구속하는 도구."

"그걸 알면서……!"

"그리고 사실 나에게 전해지기로 결정된 것이기도 하지."

순간, 분노로 가득하던 염제 신농의 얼굴이 딱딱하게 굳었다. 눈가에서 알 수 없는 감정이 일렁였다.

"그걸 네가 어떻게……?"

"설마 모를 거라 생각했소?"

희의 입술이 더 크게 비틀어졌다.

"여와는 예부터 제(祭, 제사)와 정(政, 정치)은 분리하라 가르쳤소. 제사가 정치를, 정치가 제사의 영역을 침범하는 것을 막고자 했던 것이지. 해서 본디 우리 가문은 맏이는 통치를, 둘째는 반고를 맡아 수미산의 평화를 유지하는 것이 사명이었소. 하지만 욕심이 많으신 형님은 다르셨지. 모든 걸 다 갖고 싶어 하셨소."

"……."

"형님이 원래 욕심이 지나치시다는 건 잘 알고 있었소. 그래도 이해는 하려 했소. 형님이시니까. 욕심이 크신 만큼 그릇도 크신 분이니, 제와 정, 모두 잘 이뤄 낼 거라 믿었소. 실제로 수미산이 평화롭게 통치되기도 했고. 비록 나는 쓸쓸한 마음에 가문을 나와 내 나라를 일구긴 했지만. 한데."

희의 눈가가 커진다. 분노로 일렁인다.

"거기서 끝내셔야 했소. 태양로를 가졌다면 조카들에게 물려주던가. 과보나 정위도 능력이 충분했었는데. 그것을…… 딴 놈에게 줘?"

염제 신농의 눈동자가 흔들렸다.

"그건……!"

"그것은 여와가 우리 가문에 내려 준 사명이오! 천명이란 말이오! 그런데 어찌 피붙이인 나를 버리고, 나의 친구에게 그것을 전해 주려 한단 말인가! 대체 왜!"

희는 손을 부들부들 떨었다. 목에서부터 시작된 핏대는 얼굴을 덮어 핏줄이 금방이라도 튀어나올 것 같았다.

염제 신농의 후계가 만약 조카들에게 이어졌다면.

그는 이해했을 것이다.

씁쓸하긴 하지만, 그래도 현명한 형님의 판단이라고 생각했을 것이다.

하지만 그게 아니었다.

가문의 상징인 태양의 불길을 머금었다는 화로, 태양로는 전혀 다른 사람에게 이어졌다.

희도 잘 아는 친구, 려에게로.

염제 신농의 눈동자가 깊게 가라앉았다. 옥좌에 몸을 잔뜩 묻으며 비통에 잠긴다.

"……그 자리가 그리도 탐났더냐?"

"원래 내 것이었으니까."

"난 자격이 되는 이에게 물려주려 했을 뿐이다."

"아니. 틀렸소."

희는 단호하게 고개를 가로저었다.

"그 자격이란, 나의 것이오. 그리고 이제부터 그것을 증명해 보이겠소."

"어떻게?"

"형님이 그러하셨듯, 제와 정을 모두 갖는 것으로."

"네 친구와 전쟁이라도 치르겠다는 것이냐?"

"못할 것도 없지. 그리고 이미 시작되고 있소."

"설마……!"

염제 신농이 뭐라고 소리치려는 찰나,

"축융."

희의 싸늘한 외침과 함께 축융이 칼날을 휘둘렀다.

좌아아악!

화르르르르륵!

"누이!"

모든 것이 타 버린 잿더미에서.

"정위 누이! 있으면 대답 좀 해 봐!"

과보는 한참 동안 헤맸다.

이미 그의 꼴도 말이 아니었다.

덜렁이는 왼팔, 곳곳에 가득한 상처. 자신의 피인지 남의 피인지 알 수 없는 핏물들.

계속 물밀 듯이 쳐들어오는 적들을 상대하느라 많이 다쳤던 것이다. 그들이 숙부가 다스리는 유웅의 병력인 건 알고 있었지만 그런 걸 생각할 겨를이 없었다.

그저 한 사람만 찾을 뿐.

"정위 누이이이이이!"

겉으로는 세 보여도 너무나 약한 사람이다.

충격을 받지는 않았을까. 두려워 떨지는 않을까. 울고 있지는 않을까.

너무 걱정되는 마음에 찾아다녔지만.

"누이이이이이이!"

모든 게 무너진 나라에서, 그는 찾고자 하는 걸 도무지 찾을 수가 없었다.

이후.

과보는 정처 없이 세상을 떠돌아다녔다.

하지만 그는 사람들의 눈길을 끌기 너무 쉬운 존재였다.

"뭐야, 뭐?"

"거인?"

"거, 거인이다! 괴물이다!"

일반 사람들과는 생김새가 전혀 다른 과보는 세상으로부터 멸시를 받기가 너무 쉬웠다.

과보는 어떻게든 사람들에게 피해를 주지 않기 위해서 험궂은 곳만을 다니려 했지만,

"다, 당신들은 누, 누구세요?"

어느 날 정신을 차려 보니 이상한 곳에 갇혀 있었다.

마치 흉포한 짐승들을 가둬 놓는 우리 같은 곳에.

"키키키킥. 정말 거인이라니. 저 머나먼 섬에서나 볼 수 있다고 들었건만. 아주 잘 되었어. 너는 앞으로 우리와 함께해야겠다."

"풀어 줘! 풀어 달라고! 난 해야 할 게 있단 말이야!"

그러고 보니 정위에게 들은 적이 있었다.

세상에는 별의별 사람들이 다 있어서, 신기한 짐승이나 인간이 있으면 노예로 삼아 다닌다고. 특히 너는 멍청하니까 누나 곁에 딱 달라붙어서 떠나지 말라고.

그런데 이런 일이 생겨 버리다니.

과보는 발버둥 쳤다. 우악스럽게 우리를 쥐어뜯으려고 했다. 하지만 우리는 그가 어떻게 할 수 없을 정도로 튼튼했다. 더구나 목에는 이상한 사슬이 채워져 반항을 할 때면 계속 충격을 가했다.

그리고 수년이 지나는 동안.

놈들은 과보를 철저하게 부려먹었다.

처음에는 동물원의 동물처럼 신기한 곳에 갖다 놓았고, 그다음에는 힘이 세다는 게 알려져 어느 귀족의 호위 노예로 팔려 갔다. 그러다 사고를 치자 호된 매를 맞고 이번에는 검투장에 끌려갔다.

그러는 동안 과보는 달라졌다.

순수했던 마음은 온데간데없이 사라지고, 오로지 분노만이 자리를 잡았다.

왜 이렇게 되어야만 한단 말인가?

숙부.

그래.

숙부가 문제였다.

그가 이런 전쟁만 치르지 않았어도……!

분노는 불씨가 되어 점점 자라나 과보를 집어삼켰다.

하지만 이걸 어디서도 풀 길이 없어 당장 검투 경기에 목을 매달았다.

검투장에서 과보는 영웅이었다.

연전연승을 달렸고, 그의 이름은 검투장을 넘어 세상에도 알려지게 되었다. 몸에 자잘한 상처가 늘어날수록 눈빛은 더더욱 흉흉해졌다.

그러던 어느 날.

　—네가 과보가 맞나?

그날도 검투 경기를 두어 개나 치르고 눈을 붙이고 있던 와중에. 잠결에 머리맡에서 이상한 인기척이 느껴져 눈을 떴다.

거기에 이상한 투구를 쓴 사람이 있었다.

새카만 투구는 얼굴을 모두 뒤덮고 있어 얼굴을 알아보기가 힘들었다. 하지만 그 안쪽으로 비치는 금색 눈동자는 마치 요괴의 눈처럼 아름다우면서도 괴기했다.

　—다시 묻겠다. 염제 신농의 아들, 과보. 맞나?

"……너야말로 누구지?"

과보는 눈살을 좁히면서 도끼 쪽으로 손을 가져갔다.

그는 순진해도 어리석지는 않았다. 수년 동안 노예로 살면서도 여태 한 번도 출신을 언급한 적이 없었다. 얼마든지 정치적으로 이용될 수 있었기에.

그런 자신을 안다?

—그 손, 놓는 게 좋을 거다.

투구 아래, 샛노란 광망이 더 아름답게 타올랐다.

—내 이름은 려.

목소리가 음산하게 퍼진다.

—너와 똑같이 희에게 모든 것을 잃어버린 자. 난
내 민족을, 백성을, 나라를 되찾으려 한다. 나를 따
라올 테냐?

그것이 과보의 인생을 바꾸는 변곡점이 되었다.

과보는 여태 목을 옥죄던 사슬을 풀고, 노예 검투사들과
함께 반란을 일으켜 모든 노예 주인들의 머리를 성문에다
내걸었다.

그리고 병사들을 이끌고 려에 가담했다.

그곳에서 과보는 수많은 사람들을 만났다.

자신처럼, 려처럼, 희에 의해 모든 것을 잃어버린 사람
들.

려는 모두 72명에 달하는 사람들을 '형제'라고 불렀다.

─열산이 무너지고 난 뒤, 희는 계속 정복 전쟁을
개시했다. 그리고 수많은 나라들이 무너지거나 항복
하면서 이제는 수미산 전체로 걸쳐 영역이 확대되었
지.

려는 과보에게 그런 사람들을 일일이 소개해 줬다.

─하지만 그런 전쟁 뒤에는 언제나 피해자가 발
생하기 마련. 이들은 너와 똑같은 신세를 겪은 사람
들이다. 나라를 되찾고자, 가족을 되찾고자 하는 사
람들. 이대로는 놈의 손에 수미산이 떨어지고 말 테
니까.

그리고 과보는 숨겨진 진실들을 알게 되었다.

─너희 가문은 대대로 반고가 일어날 수 없도록
마해를 감시하고, 수미산을 통치할 수 있게 여와가
사명(使命)을 내렸던 곳. 이중 전자는 제(祭), 후자는
정(政)을 의미한다.

하지만 염제 신농은 자신이 틀어쥔 두 권한을 모두 쥐고
있기가 힘들어 새로운 후계자를 선정했다.

바로 려였다.

—제는 무사히 내게로 전달되었다. 그러나 희가
이를 뒤늦게 알고 여기에 대해 반발을 하게 되었지.

"그래서 숙부님이 전쟁을 일으키신 거란 말씀이
십니까?"

—그래. 제는 나에게로. 정은 희에게로. 희는 나
를 죽여 제도 마저 가져가려 했지만 뜻대로 되지 못
했다. 결국 둘이서 염제 신농의 뜻을 찢어 버리게 된
것이지.

과보의 눈꺼풀이 파르르 떨렸다.

—왜? 싫은가? 원래는 그대가 가질 수도 있었던
것을, 나와 그대의 숙부가 나눠 가졌다는 것이.

"아뇨. 아버지는 현명하셨던 분. 그런 결정을 내
리셨다면 이유가 있으시겠죠. 다만, 제가 싫은 것
은."

—싫은 건?

"욕심 때문에 아버지를 죽인 숙부입니다."

—좋다. 그런 생각이라면. 그대가 있다면, 염제 신농의 아들이 있다면 우리로서도 명분을 취하기가 더욱 쉬워질 테니까. 그대 역시 타고난 전사이기도 하고.

려는 흡족하게 고개를 끄덕였다.

그러다 과보는 려를 올려다봤다.

여전히 투구를 쓴 얼굴. 금색 눈동자만이 비친다.

"그런데, 한 가지만 여쭤도 되겠습니까?"

—뭔가?

"당신은 어째서 투구를 벗지 않는 것입니까?"

—……그 이야기는 때가 되면 해 주지. 때가 되면.

그리고 전쟁이 시작되었다.

탁록.

드넓은 평원에서.

수미산의 향방을 둔 전쟁이.

                    *   *   *

　지호는 마치 자신이 과보가 된 것처럼 그가 겪고, 울고,
싸웠던 지난 일들을 간접적으로나마 체험했다.

　그리고 과보가 얼마나 많은 울분과 회한을 가슴에 품고
있는지도 알게 되었다.

　려를 따라 시작된 전쟁은. 훗날 효마라 알려진 존재의 싸
움은 결국 수많은 혼전 끝에, 신공표의 배반과 함께 실패로
마무리된다.

　그리고 과보가 희 앞으로 끌려갔을 때.

　그는 그토록 간절하게 만나고자 했던 정위를 만나게 되
었다.

　바로 지금처럼.

　"그때와. 똑같아."

　과보가 통천교주를 슬픈 눈망울로 바라본다.

　그러다 통천교주의 인상이 잔뜩 일그러졌다.

　ㅡ네가, 어째서……?

　"누이를. 말리려고."

　ㅡ나를, 왜?

　통천교주의 얼굴이 일그러졌다.

과보에게 흘러들어가는 힘이 더더욱 커진다. 신격이 강화되면서 인격도 서서히 뚜렷해진다. 흐릿했던 의식이 완전해지면서 수천 년을 건너 누이의 얼굴을 직시했다.

"누이는 그때처럼 또 잘못된 길을 가려 하고 있어."

─또 그 소리더냐……! 바보 과보 주제에. 너야말로 속고 있다는 것을 왜 모르는 것이냐?

　통천교주는 뭔가를 더 말하려다 입을 다물었다. 그러다 잠시 뒤,

─아니. 차라리 잘되었다.

　통천교주는 천천히 과보에게로 손을 뻗었다.

─나와 함께 가자꾸나, 과보. 이 잘못된 세상을 바로잡고, '그'가 있는 곳으로 돌아가자. 모든 게 잘못되기 직전으로. 너와 내가, 가족들이, 려가 행복하게 살고 있던 그 시절로.

　과보는 둔하지만 멍청하지는 않다.

　그는 누이가 뭘 말하는지를 알 것 같았다.

　그 시절로 되돌아간다?

　얼굴에 경악이 가득 찼다.

"누이, 설마……!"

─그래.

　통천교주는 담담하게 고개를 끄덕였다.

─난 이 세상 모든 것을, 꿈으로 되돌릴 것이니라.

"그건 미친 짓이야!"

—어째서?

"몰라서 물어?"

—그렇다만.

통천교주는 진심이라는 듯 고개를 갸웃거린다. 입가에 살짝 미소가 걸린다.

그럴수록 과보는 속이 끓었다.

"뭐?"

과보의 얼굴이 일그러지건 말건.

통천교주는 웃었다.

—려의 파편들이 한데 모인다면 태양로를 복구할 수 있을 것이다. 태양로는 반고를 속박하는 쇠사슬을 단련시키는 화로. 하지만 반대로 말하자면 그 속박을 풀 수 있는 열쇠이기도 하지.

이것이었구나.

사흉이 먼저 마해로 건너간 이유.

놈들이 반고를 찾으면 통천교주가 위에서 태양로를 완성시켜 바로 깨울 속셈이었던 것이다.

—그리한다면 반고는 기나긴 잠에서 깨어나 절지천통을 부수고, 나아가 자신을 그리 만든 천계 놈들을 단번에 짓눌러 버리겠지.

"……그런 뒤에 혼란에 빠진 모든 세상에 걸쳐 악몽을 퍼뜨리겠다고?"

—그러하다.

통천교주의 한쪽 입꼬리가 말려 올라간다.

—혼란에 빠질수록 악몽은 더더욱 커지겠지. 세상을 이 손에 떨어뜨리고 난다면.

통천교주가 가느다랗게 기다란 다섯 손가락을 활짝 펼친다. 그 위에 정말 세상이 놓인 것처럼. 가녀린 손을 와락 움켜쥐었다.

—그 뒤에는 반고마저 삼켜 모든 것이 가능해진다. 전지(全知)도 전능(全能)도. 그리고 그걸 넘어 완벽(完璧)까지 이를 수 있을 터. 그런다면 모든 걸 한낱 꿈으로 치부하는 것도 어렵지 않겠지.

반고와 하나가 된다는 것.

그건 옥황상제나 석가여래가 노리던 바이기도 하다.

세상, 그 자체가 된다.

유일신이라니.

—어떠냐. 동생아.

통천교주는 여전히 인상이 일그러진 과보를 바라봤다.

—모든 걸 새로 시작하는 것이다. 철저하게 망가지기만 한 이 세상을. 언제나 혼란과 전쟁, 무질서로 가득 차기만 한 이

세상을 원점으로 되돌리자꾸나.

과보는 떠올렸다.

자신이 살았던 생애들을.

절대 평화로웠다, 행복했다, 말하지 못할 삶들.

―새로 시작하는 세상에서는 더 이상 그런 아픔들이 없을 것이다. 서로가 죽고 죽이는 그런 것들을 없애고, 모두가 행복한 꿈만을 꾸는 이상향을 그리는 거야.

통천교주의 눈빛이 간절해진다.

―려가 만들고자 했던 세상을 만들자꾸나.

"려가, 만들려고 했던 세상⋯⋯."

―그가 있는 바로 옆에서.

과보는 72명의 '형제'들을 떠올렸다.

지금은 오로지 분노만 표출하고 있어 마신이라 불리지만, 사실은 어느 누구보다 따뜻한 사람들.

아버지로부터 인정을 받고자 애쓰던 환두.

제 나라를 지키고자 했던 삼묘.

사람들이 다칠까, 홍수를 막고자 했던 곤.

려를 누구보다 사랑했던 공공.

지금은 각각 혼돈, 도철, 도올, 궁기라 불리는 사흉들이며, 자기 종족들을 어떻게든 보존하고자 했던 아수라왕들까지.

그들은 함께 있는 것만으로도 모두 웃고, 떠들고, 행복하게 지낼 수 있는 소박한 사람들이었다.

　그리고 려는 그런 사람들을 모아 하나의 마을을 이루고자 했다.

　모두가 웃을 수 있는 마을을.

　전쟁과 싸움이 없이, 황폐해진 마음을 어루만질 수 있는 그런 마을을.

　―동생아.

　통천교주가 눈을 가느다랗게 좁힌다. 예전의 눈빛으로 돌아간다.

　짓궂지만, 따스하던 눈빛.

　정위 때의 눈빛.

　―돌아가자. 그때로.

　려와 함께 깃발을 높게 들어 올려 탁록에서 크나큰 전쟁을 벌인 직후.

　희의 감옥에서 정위와 만났을 때. 과보는 그녀에게 묻고 싶은 게 많았다. 그녀가 려의 곁에 있었다는 것을 익히 들었기에 왜 희의 수중에 있는지 궁금했다.

　하지만 당시 정위는 아무런 말이 없었다.

　그저 오늘날의 옥황상제가 된 준과 태상노군이 된 이의 옆에서 가만히 쳐다보기만 할 뿐. 마치 인형처럼 무표정해서 속내를 알 수 없었다.

　　"누이?"

　　"……."

　　"누이! 정위 누이 맞지? 왜 말이 없어?"

　그러나 이제는 알 것 같다.

　그녀가 무엇을 바랐는지.

　기회를 엿보고 있었던 것이다.

　눈동자에 슬픔이 가득 내리고, 눈가에 눈물이 맺힌다. 과
보는 눈을 질끈 감았다.

　뭔가를 다짐한 듯. 조용히 숨을 삼키며 말한다.

　"누이."

　─그래.

　통천교주가 환하게 웃었다.

　마치 어렸을 때처럼.

　이번에도 이 바보같이 순진하고 착한 동생이 자신을 따
라 줄 것이라 믿어 의심치 않아하는 눈빛이었다.

　하지만,

　"난 옛날에 누이가 알던 과보가 아니야."

　과보가 다시 눈을 떴을 때, 통천교주의 얼굴이 뻣뻣하게

굳었다. 동생의 눈은 어렸을 때의 눈이 아니었다.

　—뭐?

"누이가 손을 내밀면 손을 잡던 과보가 아니라고."

　—무슨 소리를 하는 것이냐!

"려는 죽었어."

　—대체 무슨 소리를 하는 것이냐고!

"그러니 이만 쉬게 해 주자."

　—너……!

"려가 바라던 건 그거였어."

　통천교주의 얼굴이 잔뜩 일그러진다. 새하얀 얼굴 위로 핏대가 선다.

　—네가, 네가, 네가……!

"누이가 이러면 이럴수록 려는 더 아파하고 슬퍼할 거야. 그러니까 이제 그만하자, 누이."

　—…….

　아주 짧은 침묵.

　그러다 피식, 통천교주의 입술 사이로 바람 빠지는 소리가 들렸다.

　—그래. 결국 너도 다르지 않구나.

　키키킥. 통천교주는 소리 죽여 웃었다.

　—그 배신자들처럼!

"지호는 배신자가 아니야."

―아니. 배신자다. 자신의 근본이 무엇인지 알면서도 따르지 않고, 제 놈이 최고라 여기는 어리석은 배신자. 그리고 너는 그런 놈에게 홀린 녀석이고.

통천교주는 접었던 날개를 활짝 펼쳤다.

―그래. 어렸을 때로 돌아가자. 못난 길을 걷는 너를 바로잡았을 때처럼. 그것이 피붙이인 내가 해 줄 일이겠지.

"누이! 제발 그만……!"

하지만 과보가 애타게 부르기도 전에.

―네가 갖고 있을 려의 조각. 수거해야겠구나.

파아앗!

통천교주가 단숨에 과보에게로 날아들면서 손을 내뻗는다. 가시처럼 돋은 손톱이 단숨에 그의 심장을 도려낼 것처럼 흉흉했다.

"누이!"

과보는 처절한 외침과 함께 발치에 있던 도끼를 뽑아 그대로 횡대로 휘둘렀다.

콰아아아아아아아앙!

어마어마한 폭음과 함께,

콰콰콰콰콰콰콰콰!

대기가 타 버릴 정도로 뜨거운 열기를 머금은 태양풍이

사방으로 휘몰아쳤다. 하얗고 샛노란 빛무리로 가득 찬 주변 세상이 지글지글 타 버릴 정도였다.

설사 신이라 할지라도 다칠 만큼 대단한 위력이었지만,

스릭!

도끼가 지나간 자리에는 애초에 없었다는 듯, 갑자기 통천교주가 과보의 머리 뒤에서 나타났다.

검은 물결이 출렁이는 꿈의 보고(寶庫)에서 사선검 중 함선검을 뽑아 휘둘렀다. 이전에 지호와의 싸움에서 망가지다시피 했던 그녀의 보패들은 신격이 강화되면서 거의 복구된 상태였다.

콰아앙!

과보가 몸을 반대로 돌려 가까스로 막아 내긴 했지만, 통천교주의 공세는 거기서 그치지 않았다.

위에서 아래로. 쭉 내려가면서 사선검을 잇달아 뽑아 휘두른다.

쾅! 쾅! 쾅! 쾅!

주선검, 육선검, 함선검이 잇달아 과보를 베어 낸다.

과보는 어떻게든 통천교주를 튕겨 내려고 했지만, 너무 재빠른 그녀를 잡을 수가 없었다. 순식간에 몸 곳곳에 상처가 벌어지면서 피가 튀었다.

탁!

—열려라.

통천교주는 바닥에 착지하자마자 이번엔 손바닥으로 땅을 짚었다.

언령과 함께 과보 주변으로 공간이 출렁이더니 두어 개의 진(陣)이 맺혔다. 주선진과 만선진. 거기서 터져 나온 힘이 과보를 뒤흔들었다.

"큭!"

과보가 입 밖으로 피를 토하며 튕겨 나온다. 몸이 흔들려 잠깐 현기증이 돌았다.

그 사이 통천교주는 모래 안개를 헤집으며 손을 뻗어 과보의 심장을 노렸다.

「과보!」

일순, 머릿속으로 지호의 목소리가 들렸지만,

"미안. 이 싸움. 내가 하게 해 줘."

과보는 이를 악물면서 도끼를 위에서 아래로 세게 내리찍었다.

콰르르르르르르르!

—흐읍!

바닥이 움푹 파인다. 어마어마한 태양풍이 동심원을 잔뜩 그리면서 사방팔방으로 퍼져 나갔다. 통천교주는 순간 눈이 멀 것 같은 열기에 자기도 모르게 양팔을 교차해 얼굴을 막고 밀려났다.

다시 시야를 확보하기 위해 손을 내린 순간, 어느새 과보가 엄청난 파공성과 함께 그녀의 면전에 치달아 있었다.

퍼퍼퍼퍼퍼퍼펑!

과보는 우악스럽게 왼손으로 통천교주를 잡아 갔다.

통천교주가 식겁하면서 뒤로 물러서자, 이를 놓칠세라 오른손에 들고 있던 도끼로 그녀를 세게 내리찍었다.

쾅! 쾅! 쾅!

통천교주가 피할 때마다 도끼는 가차 없이 그녀가 있던 자리에 박혔다.

그녀는 그때마다 사선검으로 도끼를 튕겨 냈지만, 과보의 힘이 너무 대단했다. 쨍, 쨍, 부딪칠 때마다 손목이 떨어져 나갈 것처럼 아렸다. 사선검에도 잔뜩 금이 갈 정도였다.

그러다,

퍼걱!

사선검이 잔뜩 깨지면서 사방으로 파편이 튀었다.

과보의 도끼도 마찬가지로 이가 다 빠져 망가지고 말았다.

하지만 과보는 그런 것쯤은 아무래도 상관없다는 듯. 도끼를 바닥에 아무렇게나 버리고, 통천교주에게 맹목적으로 돌진했다.

통천교주는 육혼번을 꺼내 커다란 깃대로 과보의 앞을 막아 보려 했지만,

콰아아아앙!

과보는 역시나 무지막지한 힘으로 이마저 깨 버렸다. 발을 내디딜 때마다 그을음이 남고, 입가에서는 태양의 열기가 단내처럼 훅훅 퍼졌다.

결국 통천교주를 잡으려는 과보와, 과보의 심장을 뚫으려는 통천교주의 싸움은 상대의 목숨을 앗아 가고자 하는 혈투로 전락했다.

—어째서냐! 대체! 너도 그때로 돌아가고 싶은 것이 아니었단 말이냐!

통천교주는 절규했다. 자신의 마음을 알아주지 못하는 못된 동생에게. 왜 자신의 마음을 못 알아주는지 한탄했다.

촤촤촤촤촤!

빛살처럼 하늘을 가득 메우며 쏟아지는 무수히 많은 어둠의 화살 속을 헤치면서.

과보는 포효했다.

"잘못됐으니까!"

—대체! 무엇이!

"모든 게, 다!"

─잘못된 건 없다! 잘못된 건 이 세상뿐!

"그런 식으로 모든 걸 전부 다른 곳에다 탓하지 마!"

콰콰콰콰콰!

과보는 주먹으로 태양풍을 일으켜 화살을 모두 지우며 앞으로 성큼 나섰다. 치이익. 발끝에서부터 머리까지, 피부 위로 새하얀 김이 치솟았다.

─뭐?

"되돌린다고? 대체 뭘? 누이는 여태 려와 우리가 쌓았던 것들을, 모두 무효로 만들 참이야?"

─그렇다면?

"그럼 틀렸어! 누이가 만드는 세상도 다르지 않을 테니까!"

─헛소리 마라!

"만약 새로 시작한 세상도? 지금과 다르지 않다면? 아니, 오히려 더 심하다면? 그때도 다시 시작할 참이야?"

주먹을 내뻗는다. 통천교주가 그걸 막으며 손날을 바짝 세워 과보의 가슴팍을 찌른다. 심장이 아닌 오른쪽 가슴이 뚫리며 반대쪽으로 바람구멍이 생긴다.

─당연하다! 몇 번이고! 몇 번이고 되감고 또 되감아 내가 원하는 세상을 만들 것이다!

"그 세상이 대체 뭔데!"

과보는 육신을 타고 흐르는 고통을 참으며 왼손을 뻗어 통천교주를 와락 끌어안았다. 팔에 잔뜩 힘을 주며, 그녀의 허리를 분지르려 한다.

반대로 통천교주는 과보의 영혼 속에서 태양로의 부품이 될 려의 조각을 찾고자 했다.

—평화로운 삶! 싸움이 없는 삶!

"그건 기만이야! 인형극이라고!"

—아무래도 상관없다!

"지금부터 고쳐 나가도 늦지 않아!"

—아니. 늦었다! 그러니 되돌릴 것이다!

콰드드득!

"진짜, 이 멍청이가!"

—바보 과보 주제에 어디서 망발이냐!

서로가 서로를 죽이려는 처절한 격투를 벌이면서. 온통 피투성이가 된 상태에서. 두 사람은 그에 어울리지 않게 이젠 유치한 말싸움을 해 댔다.

쿠르르르르르르!

꿈 속 세상이 거칠게 흔들렸다.

*　　　*　　　*

「남매 싸움 한 번 거창하네.」

과보의 의식 뒤편에서, 나설 타이밍을 재고 있던 지호는 어이가 없다는 투로 중얼거렸다.

과보가 풍기는 사념은 지호도 따끔거릴 정도였다.

그만큼 비뚤어진 애정을 갖고 있는 누이가 답답한 것이리라. 어쩌면 두들겨 패서라도 바로잡고 싶어 한다.

그 속에 숨겨진 짙은 애정이 지호를 흔들리게 만들었다. 그에게도 못난 동생이 둘이나 있었으니까.

어쩌면 이건 두 사람의 해후, 비슷한 것인지도 모른다.

마음 같아서는 그걸 끝까지 지켜봐 주고 싶었지만,

「그래도 이제는 내가 나서야겠다. 설득은 안 되겠어.」

지호는 과보의 눈을 빌어 하늘을 쳐다봤다.

저 높은 곳에서.

비마질다라가 대검을 휘두르며 그들의 머리맡으로 떨어지고 있었다.

콰아아아아아!

과보 역시 비마질다라를 발견한 상태.

하지만 통천교주와 힘겨루기를 하고 있는 상태라, 막을 겨를이 없었다.

「과보, 이제는 내가 나서야겠어.」

그때 지호가 나섰다.

과보의 몸이 빛무리에 잠긴다 싶더니, 원래대로 지호의
모습으로 돌아갔다.

지호는 통천교주를 밀어내는 것과 동시에 소리쳤다.

"돌아와라, 여의봉!"

저 하늘 위에서 청룡이 사라지더니, 어느새 지호의 손에
여의봉이 들렸다. 지호는 재빠르게 위쪽으로 여의봉을 휘
둘렀고, 비마질다라의 대검과 충돌했다.

쿠우우우우우우웅!

태양풍이 사방팔방으로 불어닥치면서 꿈 전체가 뒤흔들
린다. 곳곳에 상처가 벌어지면서 뒷면의 검은 물결이 언뜻
나타나며 지글지글 증기가 들끓었다.

쐐애애애애애액!

하지만 증기와 열풍은 비마질다라에게 아무런 영향도 끼
치지 못했다.

오히려 얼굴엔 환희가 가득했다.

"허허허허허! 그래! 이것이지! 이래야 살맛이 난다고 할
수 있지 않겠는가!"

비마질다라는 입가에 잔혹한 미소를 머금으면서 대검을
마구잡이로 휘둘러 댔다. 광풍이 휘몰아치면서 증기가 갈
기갈기 찢겨 나가고, 공간이 마구 할퀴어졌다.

지호의 손속도 빨랐다.

화안금정으로 비마질다라의 투로를 예측하면서 공격을 옆으로 흘리고, 때로는 반격까지 가한다. 왼팔을 벼락처럼 뿌리면서 뇌벽세를 터뜨렸다.

벼락 수십 개를 응축시킨 힘!

콰아아아아앙!

하지만 비마질다라는 마기를 몇 번이고 칭칭 감아 만든 보호막으로 뇌벽세를 튕겨 내고, 도리어 대검을 깊숙하게 찔러 넣어 사선으로 그었다.

지호가 몸을 틀어 피한 자리로 대검이 아슬아슬하게 지나간다.

검압에서 파생된 힘이 저만치 날아가 공간에 어마어마한 크기의 단층이 생겼다.

쿠우우우우우우—!

"오, 이것을 피하다니. 제법이로군. 역시 천계에서 봤을 때보다 훨씬 강해졌구먼그래. 싸우는 맛이 있어."

비마질다라는 혓바닥으로 마른 입술을 축이면서 다시 한 번 대검을 잔뜩 휘둘렀다.

속도가 얼마나 빠른지, 잔영 위에 새로운 잔영이 겹쳐진다. 삽시간에 열두 개의 잔영이 공간에 남아 단번에 열두 번의 궤적을 토해 낸 듯한 착각을 부를 정도였다.

퍼퍼퍼퍼퍼펑!

공간이 갈기갈기 찢겨 나간다. 수많은 폭발이 일어났다가 사그라들기를 반복한다.

지호는 밀치고, 때리고, 찌르면서 선점을 잡고자 했다.

하지만 비마질다라는 수천 년 동안 천계와 하계를 통틀어 최강이라 불리던 검사(劍士).

화안금정이 있다고 해도 그와 비등하게 겨루는 것 자체가 대단하다 여겨질 정도로, 비마질다라는 절대 빈틈을 내주지 않았다.

아니, 오히려 지호가 기괴한 방법으로 반격을 가하면 가할수록 더더욱 뛰어난 기교로 대항했다.

그렇게 격전이 벌어지는 사이.

―네가 갖고 있을 파편만 수거할 수 있다면!

어느덧 물러났던 통천교주는 한 손에는 거대한 망치, 자전추를 들고 대지를 세게 내리찍었다. 보랏빛 자성(磁性)이 거칠게 반응하며 폭사했다.

콰콰콰콰콰콰콰!

꿈이 출렁거린다.

바닥이 으스러진다 싶더니 눌린 자리 바깥으로 족히 수십 미터는 될 법한 크기의 해일이 몇 개나 일어나 지호를 그대로 덮쳤다.

비마질다라는 지호가 흔들리는 틈을 타, 목젖으로 거칠

게 대검을 뿌렸다.

삼대신 급이나 되는 자들이 둘이나 합세한 공격.

제아무리 지호라 해도 힘들 것 같았다. 마치 바람에 흔들
리는 갈대처럼 위태로워 보였다.

하지만,

탁!

지호는 해일과 광풍에 덮이기 전에 여의봉을 역수로 쥐
며 지면을 세게 찍었다.

두우우우우우웅—!

여의봉과 발이 닿은 지면을 따라 잔잔한 파문이 그려진
다. 파문이 서서히 확장되어 빛의 물결이 사방으로 폭사했
다.

콰아아아아아아아앙—!

빛의 물결은 해일과 광풍을 갈가리 찢었다.

통천교주를 튕겨 내며 자전추가 박살 나 가루가 되어 흩
어지고, 비마질다라는 대검으로 물결을 막아 냈지만 저만
치 잔뜩 밀려났다.

쿨럭.

비마질다라의 입가를 따라 핏물이 새어 나왔다. 그가 자
랑하던 대검에는 균열이 잔뜩 갈 정도였다.

"어떻게…… 이런 힘을……?"

비마질다라가 놀라서 눈을 크게 떴지만.

공세는 거기서 그치지 않았다.

쿠우우우우우우—

빛무리가 가라앉는가 싶더니,

촤촤촤촤촤촤촤!

지호가 제자리에서 여의봉을 거칠게 휘둘렀다.

여의봉의 끝에서 황금색 빛줄기가 수백 개나 터졌다. 빛
줄기는 거대한 궤적을 그리면서 화살처럼 비마질다라와 통
천교주에게로 쏟아졌다.

하나하나가 맹공(猛攻)이었다. 아니, 전체를 합친다면 폭
격(爆擊)이라고 봐야 하는 걸까.

마치 두 사람을 아예 철저하게 파괴시키겠다는 듯. 황금
색 빛줄기는 쉬지 않고 쏟아지면서 두 사람을 궁지로 몰아
넣었다.

비마질다라는 풍압으로 빛줄기를 모두 잘라 내려 했지
만, 빛줄기는 오히려 이마저도 부서뜨리며 거칠게 비마질
다라를 헤집었다.

왼팔에 구멍이 뚫리고 허벅지에 깊은 상처를 낸다. 대검
은 겨우겨우 빛줄기를 막아 내다 끝내 버티지 못하고 부서
지면서 파편이 위로 튀었다.

그러다 빛줄기가 하나 더 촉수처럼 끝을 바짝 세우면서

파고들어 오른쪽 가슴팍에 박혔다. 얼마나 깊숙하게 들어 왔는지 견갑골이 흔들릴 정도였다.

"큭!"

비마질다라는 인상을 잔뜩 찡그리면서 빛줄기가 더 파고 들기 전에 부수려 왼손을 뻗었지만,

좌르르르르륵!

빛줄기가 요란한 쇳소리를 내더니 그대로 위로 딸려 올 라가 팽팽해지면서 비마질다라를 위로 잡아당겼다. 마치 작살에 꽂힌 생선을 끄집어 올리듯이.

"크아아아아아악!"

빛줄기에서 색이 가시면서 쇠사슬이 훤히 드러났다.

비마질다라는 그제야 지호가 뿌려 댄 것이 신을 구속하 는 보패, 신진철이라는 사실을 알아차렸다.

이대로는 봉신되고 만다!

언제나 여유 가득하던 비마질다라의 얼굴에 처음으로 다 급함이 어렸다.

하지만 이미 그사이에 사방팔방에서 다른 빛줄기가 한데 모여들면서 그대로 부딪쳐 왔다.

팔다리, 몸뚱이, 목까지. 어느 곳 하나 가릴 것 없이 삽 시간에 열두 개나 되는 쇠사슬이 비마질다라에 박혔다.

철컥! 철컥!

쇠사슬은 마치 먹이를 노리는 뱀처럼 팔뚝을 따라 칭칭 감기기도 하고, 일부는 뼛속으로 파고들면서 척추를 노리려 하기도 했다.

마치 명부시왕들을 예속했을 때처럼!

통천교주도 긴박하긴 마찬가지였다.

쾅! 쾅! 쾅! 쾅!

그녀는 빛줄기가 자신을 구속하려 날아들 때마다 꿈의 보고에서 보패를 꺼내 대항했다.

그녀야말로 나타와 함께 가장 많은 보패를 소지했다고 알려진 바. 하나하나가 인세를 떨칠 수도 있는지라 보패가 등장할 때마다 빛줄기는 가볍게 부서졌다.

하지만 보패도 마찬가지로 같이 망가졌다.

하나에 하나씩. 보패가 계속 망가질 때마다 통천교주는 자꾸 뒤로 밀리다, 더 이상 꺼낼 것이 없는 상황에서 쥔 마지막 보패까지 망가져 버렸다.

―끝까지 이런 식으로……!

츄츄츄츄츄츄춧!

어느새 다시 수십 개로 불어난 빛줄기가 통천교주의 시야를 가득 메운다.

통천교주는 이를 바득 갈면서 양손을 앞으로 내밀었다. 손목과 팔뚝을 따라 효마기가 구름처럼 일어나 와류를 그린다.

—이것까진 쓰지 않으려 했다만.

츠츠츠.

효마기가 음습한 소리를 내면서 새로운 성질로 변화한
다.

—안된다면 할 수밖에!

영진포일술.

인위적으로 허무를 일으켜 물질세계의 모든 것을 집어삼
키게 하는 통천교주의 비기!

자칫 조절에 실패하면 려의 파편마저 먹힐 수 있어 쓰지
않으려 했지만 이제는 어쩔 수가 없었다. 허무를 개방해 지
호의 색으로 물든 꿈까지 모두 삼키려는 순간,

"어딜."

—……!

별안간 뒤쪽에서 지호의 목소리가 들렸다.

지호가 공간을 열고 후방에서 나타난 것이다!

통천교주가 크게 놀라 반대로 돌면서 영진포일술을 전개
하려 했지만, 그보다 먼저 지호의 손이 그녀의 목젖을 세게
틀어쥐었다.

—컥!

거친 숨소리와 함께,

좌르르르륵!

빛줄기 대여섯 개가 기다렸다는 듯이 득달같이 달려들어 그대로 박혔다. 그녀는 순식간에 사지가 쇠사슬에 결박되고 말았다.

지호는 그대로 통천교주를 들어 올렸다.

가면처럼 딱딱한 얼굴. 너머로 퀭한 눈동자를 직시한다.

차디찬 눈동자는 너무 많은 감정을 담고 있었다.

지호는 거울 같은 눈망울에 비친 자신의 모습을 응시했다.

ㅡ네…… 놈……!

"과보를 봐서라도 봐주려고 했지만. 안 되겠다. 너 때문에 다친 사람들이 너무 많아."

망가진 저승을 보지 않았던가.

통천교주가 이를 악물었다.

ㅡ내가…… 이대로 당할 것 같으냐……?

"어."

지호는 싸늘한 대답과 함께 손에 바짝 힘을 주려 했다.

그 순간,

ㅡ지호야!

청룡의 다급한 외침이 들린다.

지호는 곳곳에 뿌려 둔 쇠사슬이 갑자기 끊어질 듯 팽팽해지는 걸 느끼고 비마질다라 쪽으로 시선을 돌렸다.

"크으으으으으! 흡!"

비마질다라가 숨을 크게 들이켜더니 근육이 풍선처럼 부풀어 올랐다. 녀석은 쇠사슬을 도리어 자기 쪽으로 잡아당겼다.

쇠사슬은 비마질다라를 완전히 예속시키기 위해서 더 강압적으로 팽팽해졌지만, 녀석은 쉽게 거기에 딸려 가지 않았다. 오히려 최대한 버티고 버티다, 순식간에 폭발적으로 힘을 바짝 주었다.

결국,

차차차차차창!

놈을 결박하고 있던 쇠사슬이 잘게 부서지면서 파편이 튀었다.

'신진철을 부숴?'

여태껏 한 번도 보지 못했던 상황.

지호가 놀라는 동안, 비마질다라가 거칠게 지면을 박차며 이쪽으로 쇄도했다.

쐐애애애애애액!

지호는 어쩔 수 없이 몸을 그쪽으로 틀면서 뇌벽세를 터뜨렸다.

콰아아아아아아앙!

비마질다라와의 격돌!

주먹과 주먹이 맞부딪치면서 충격파가 다시 한 번 불어닥친다. 샛노란 뇌기가 튀고, 칠흑색 마기가 지면에 가득 퍼졌다.

"교주!"

—알았노라!

그사이 통천교주는 자신을 속박하던 쇠사슬을 모두 풀어헤치고 날개를 활짝 펼쳐 허공으로 날아올랐다.

지호는 왼손을 뻗어 다시 빛줄기를 발출하려 했지만, 비마질다라는 그것을 두고 보지 않았다. 맹렬한 힘이 휘몰아치면서 빛줄기를 모두 끊어 낸다.

동시에 지호의 관자놀이로 날아오는 공세!

결국 지호는 다시 통천교주에게서 비마질다라 쪽으로 손날을 돌려야만 했다.

콰르르르르르르—!

팔꿈치와 손날이 부딪친다. 충격파 때문에 두 사람은 상당한 거리를 두고 멀찍이 밀려났다. 둘 사이에 깊고 긴 고랑이 남았다.

지호는 놈을 노려보면서 이를 바득 갈았다.

'역시 비마질다라를 두고 통천교주부터 잡는 건 힘든 건가?'

쿠쿠쿠쿠쿠쿠.

비마질다라는 대검을 잃었음에도 불구하고 여전히 거센 효마기를 휘감고 있었다.

아니, 오히려 이제부터가 전력이라는 듯이 여유 가득한 얼굴은 어느새 흉신악살처럼 잔혹한 모습이 되어 광기와 마기를 동시에 풍겨 댔다. 근육은 금방이라도 터질 듯이 부풀었고, 송곳니는 다른 어느 때보다 뾰족했다.

여태껏 상대했던 마신들이며 아수라왕들과는 격(格)이 아예 다른 힘.

저 모습이 아수라왕의 왕, 비마질다라의 진짜 모습이리라.

"역시 당신부터 찍어 누르지 않으면 안 되겠어."

지호 역시 어느덧 하얀 백발과 용의 비늘을 뒤집어쓴 반신반룡의 모습이 되었다.

"누가 눌릴지는 봐야 하지 않겠나. 후후후후."

둘은 누가 먼저랄 것 없이 동시에 달려들었다.

파아아앗!

*   *   *

통천교주는 마해로 통하는 꿈의 통로를 열었다.

—반드시. 반드시 손에 넣고 말 것이다.

흰 동공과 검은 자위의 눈이 번들거렸다. 언제 지호가 쫓아올지 모르기에, 그녀의 마음은 초조함으로 세게 두근거리고 있었다.

통천교주의 머릿속은 온통 한 가지로 가득했다.

려.

너를 갖고 싶다.

당신을. 이 손에 넣고 싶다.

당신과 함께 있었던 그 시절로 돌아가고 싶다.

당신이…… 보고 싶다.

＊　　　＊　　　＊

콰아아아!

저승을 뒤덮은 붉은 하늘을 따라 짙은 먹구름이 끼기 시작했다.

아니, 이건 먹구름이라 하기도 어렵다.

허무를 떠오르게 하는 칠흑색 암흑.

마치 이불로 머리를 덮은 것처럼 온통 새카맣게 변해 간다.

눈이 좋은 사람이라면 어둠 너머로 흐릿한 잔영 같은 것이 비친다는 사실을 알아차렸으리라.

세상 사람들이 꿈꾸는 모든 환상들이 그 속에 다 담겨 있으니.

통천교주에게 깃든 저승을 다스리는 권능이 모두 활발하게 돌아가고 있다는 증거였다.

하지만 어느 누구도 그 사실을 발견하지 못했다.

칠흑색으로 물드는 하늘 아래.

저승은 지난 다른 어느 때보다 바쁘게 돌아가고 있었으니.

좌르륵!

날아올랐던 머리통과 쓰러지는 목 사이로 기다란 핏물이 연결되면서 다시 하나로 합쳐진다.

마신 경은 부서진 심장과 잘린 팔다리를 복구할 수 있었지만, 고통만큼은 참을 수 없었다.

"크윽……! 네놈들이 감히……!"

경은 두 눈을 시뻘겋게 물들인 채 이를 바득 갈았다.

안쪽은 진광왕이, 바깥쪽은 변성왕과 태산왕이.

마신 진영은 앞뒤가 포위된 상태로 어떻게 빠져나갈 구멍을 찾기가 요원해 보였다.

더구나 통천교주와 연결되었던 심령도 모두 끊어졌다.

철저히 고립된 상태.

그럴수록 경의 분노는 더 커졌다.

네깟 놈들이 감히 우리를 무시한단 말이지?

"죽여라, 전부!"

고립되었다 하더라도 마신은 마신.

자신들이 누군가!

그 옛날, 수미산의 주인 자리를 두고 싸움을 벌였던 전사들이다.

이깟 함정 따위에 밀릴 수는 없다!

와아아!

그리고 시작된 전투는 아주 치열했다.

포위된 진영은 보통 밀집 대형을 갖춰 방어를 취하는 게 정석이었지만, 마신들에게는 그런 상식 따위 통용되지 않았다.

도리어 각자 따로 사방팔방으로 흩어져 적진 깊숙한 곳으로 파고들었다.

당연히 수적 우세를 이용한 압박과 차륜전으로 승기를 잡을 수 있을 거라 생각했던 시왕 측 군사들은 순간 당혹감에 젖었다.

그사이 마신들은 마구잡이로 날뛰었다.

퍼퍼퍼퍼퍼펑!

"으하하! 으하하하하하!"

"감히 우리들을 졸로 봤다 이거지?"

"아무래도 누가 더 위에 있는지 확실하게 가르쳐 줘야겠어."

마신들은 그야말로 일당백이었다.

놈들은 닥치는 대로 살육을 마구 저질렀다.

손에 닿는 것을 죄다 찢고, 부수며, 날려 버린다.

때문에 땅바닥은 삽시간에 온통 피로 웅덩이를 채웠다. 떨어져 나간 팔다리나 부서진 머리통이 아무렇게나 나뒹굴었다.

피를 흠뻑 뒤집어쓴 마신들의 몰골은 그야말로 흉신악살, 그 자체였으니.

"무, 뭐야, 이거?"

"괴, 괴, 괴물……!"

시왕 측 군사들은 놈들이 내뿜는 마기와 투기에 단단히 얼어 도무지 정신을 차릴 수 없었다.

하지만 변성왕과 태산왕이 악착같이 버티면서 군사들을 독려했다.

"버텨라!"

"곧 지원군이 올 것이다! 그러니 조금만 더 힘을 내라!"

물론 그럴수록 마신들의 저항도 더 거세졌다.

바로 그때,

팟!

"일단 머리부터 부숴 놔야겠군!"

마신 측에서 두어 명이 빛무리와 함께 튀어나오더니 두 왕에게로 쇄도했다. 수뇌부부터 먼저 제거해 승기를 잡을 심산이었다.

차아아앙!

놈들과 부딪친 변성왕과 태산왕의 안색이 창백해졌다.

'세, 세다!'

'대체 염라왕은 언제 오는 거냐고!'

처음 명부시왕들이 마신 진영과 싸우라는 명령을 지호에게서 받았을 때, 그들은 하나같이 몸을 떨었다.

놈들이 가진 힘을 알기에.

철저히 농락당하다 결국 신하로 복속된 것이기에, 다시 싸우라는 것은 그들에게 커다란 짐으로 다가왔다.

그래서 지호는 출전하기 직전에 한 가지를 약속했다.

"너희들이 미끼가 되어서 놈들의 발목을 묶고 있
으면, 곧바로 야…… 아니, 염라왕이 군세를 이끌고
지원을 하러 갈 거다. 나도 곧 참여토록 하지."

물론 그 말만 믿고 안심할 수는 없었다.

"우, 우리를 버리려는 건 아, 아니겠지?"
"이거 안 보여?"

지호는 직접 그들과 연결된 쇠사슬을 들어 보였다.

"너희들은 이미 내 권속이야. 너희들을 잃는다면
나로서도 치명적인 손해지. 그리고 놈들을 정리하고
나면 저승을 복구해야 할 텐데, 너희들 없이 어떻게
하라고?"
"그, 그렇지!"
"암! 우리가 없으면 저승을 복구하는 데 힘이 들
고말고!"

명부시왕들은 그제야 안심할 수 있었다.
그런데 왜 아직 안 오는 거지?
분명 신호는 보냈는데?
「천마? 천마!」
「대답해 보시오, 천마! 제발!」
변성왕과 태산왕은 몇 번이고 지호에게 심령을 보냈다.

하지만 묵묵부답.

혹시나 하는 생각에 목을 더듬었지만 여전히 쇠사슬은 연결되어 있었다.

결국 어떻게 된 건지 알 수 없어 혼란이 극에 달했을 무렵, 마신들이 뻗은 칼날과 창날이 무참하게 그들의 심장과 복부를 뚫었다. 그리고 연이어 다른 마신들의 공격도 박혔다.

퍼퍼퍼퍽!

"큭!"

"어……째서?"

변성왕과 태산왕은 수십 개의 칼날에 꼬챙이처럼 마구 꽂힌 채 마지막 의문을 던지다, 끝내 고개를 떨어뜨렸다.

마신들도 끝났다는 생각에 칼을 뽑고 돌아서려는 찰나,

—**터져라.**

별안간 머리 위로 신의 목소리가 울렸다.

마신들이 모두 허공으로 머리를 들었다.

익숙한 목소리.

염라왕 야마의 목소리였다.

그 순간, 변성왕과 태산왕의 몸이 풍선처럼 부풀면서 터졌다.

쾅아아아아아아아앙!

폭발은 삽시간에 마신들을 뒤덮는 것으로도 모자라, 전장 전체를 휩쓸었다.

"크아아아아아악!"

"이, 이게 뭐야! 으아아악!"

마신 진영은 일제히 공황 상태에 빠지고 말았다.

신을 폭발시켜 희생양으로 삼다니!

하지만 효과만큼은 확실했다.

변성왕과 태산왕이 품고 있었을 막대한 에너지가 퍼져 나가면서 마신 쪽 군사들을 갈가리 찢어 버릴 뿐만 아니라, 마신들마저도 단숨에 중상으로 만들어 버렸으니.

팔다리가 터져 허공으로 튀어 오른다. 마신들이 나자빠지며 바닥을 나뒹군다. 저항을 하려던 놈들도 결국 휩쓸려 저만치 튕겨 난다.

쾅쾅쾅쾅! 쾅쾅!

특히 힘이 약한 병사들의 경우에는 그들도 같이 폭발하면서 크고 작은 연쇄 폭발이 잇달아 이어졌다.

쾅쾅쾅쾅쾅쾅쾅!

불길이 잔뜩 퍼져 나가고, 하늘은 갈기갈기 찢긴다.

지면은 몇 번이나 부서지고 내려앉기를 반복했다. 크고

작은 폭발은 끝도 없이 이어지면서 열폭풍을 바깥으로 자꾸 밀어냈다.

결국 소란은 한참 뒤에야 겨우 가라앉았다.

쿠르르르르르.

이미 명부시왕이나 마신, 어느 진영 가릴 것 없이 제대로 서 있는 자는 아무도 없었다.

몇몇 신격이나 신위가 낮은 마신들의 경우에는 소멸 직전 상태에 내몰리기까지 했다.

그들을 지휘하던 진광왕과 경만이 겨우 버티고 있을 뿐. 하지만 두 사람도 피를 흠뻑 뒤집어써서 금방이라도 쓰러질 것 같았다.

"천…… 마……!"

특히 삽시간에 군사들을 잃은 진광왕은 원한에 사무친 목소리로 지호를 불렀다.

"천마아아아아아아아!"

하지만 아무리 구슬픈 외침을 질러 본다 한들, 대답 따윈 들리지 않았다.

끝났다.

여태 품고 있었던 야망은 싹을 틔우기도 전에 짓밟히고 말았다.

하지만 원한을 불사르기에는, 복수를 꿈꾸기에는, 이제

손가락 하나 까딱할 힘조차 없었다.

　무엇보다 지호는 절대 후환을 남겨 두는 성격이 아니었
다.

　바로 그때,

　두웅. 두웅. 두웅. 두웅.

　전장을 뒤흔드는 전고의 소리와 함께 하늘을 따라 무수
히 많은 공간이 열리면서 일만 명에 달하는 군세가 나타났
다. 그중 가장 선두에 선 존재는 진광왕의 눈에도 선명하게
너무 잘 보였다.

　염라왕 야마.

　그녀가 다시 신의 목소리를 빌어 소리쳤다.

　—내려라!

　곳곳에 허무가 열리며 수십 개의 쇠사슬이 한꺼번에 내
려오는 광경은 너무나 압도적이었다.

　그녀가 지호의 권속으로 들어가면서, 그의 허락에 따라
허무도 열 수 있게 된 것이다.

　쇠사슬은 너무 쉽게 마신들의 목에 감겼다.

　저항을 하려는 놈들도 있었지만, 곧 지상에 강림한 일만
군세에 짓눌려 모두 무산되고 말았다.

　철컥. 철컥.

　연신 뭔가 잠기는 소리가 들리더니 좌르륵, 하는 소리와

함께 대롱대롱 매달려 위로 딸려 올라간다.

봉신.

아주 오래전에 손오공이 그러했던 것처럼. 그들은 다시 허무 속으로 잡아먹히면서 사라져 갔다.

그중에는 진광왕도 있었다. 녀석은 어떻게든 손으로 목에 감긴 쇠사슬을 뜯어 보려 발버둥 쳤지만, 쇠사슬은 꿈쩍도 않았다. 도리어 허무에 조금씩 먹혀 갈 뿐.

"너희들이 하라는 대로! 너희들이 하라는 대로 했을 뿐인데!"

머리가 먹힌다. 몸뚱이가 허무 속으로 들어간다.

하지만 야마는 아무런 대답도 하지 않았다.

"어째서냐아아아아아아아!"

허무는 진광왕을 완전히 삼키자마자 다시 닫혔다. 진광왕의 절규도 더 이상 들리지 않았다.

"난 놈들을 살려 둘 생각이 없어."

"뭐?"

명부시왕을 희생시켜 마신들을 봉신한다는 계획은, 원래 지호가 꺼낸 것이었다.

"한 번 배신했던 놈들은 어떻게든 배신하게 되어
있어. 아무리 목줄을 채워 놨어도. 빈틈만 보이면 뒤
통수치려고 할걸? 특히 진광왕."

"그럼 놈들을 어찌할 생각인가?"

"죽도록 나둬."

"손실이 이만저만이 아닐 텐데? 수하로 부려 먹
는 게 더 나을 수도 있다."

"그럼 손실이 안 나게 하면 되지."

"아무리 봐도 악당은 따로 있는 것 같은데 말이지."

야마는 아무리 연인이라도 지호가 냉혹하게 웃던 모습을
떠올리고는 고개를 절레절레 흔들었다. 그리고 허공으로
손을 뻗었다.

쿠쿠쿠쿠쿠쿠쿠쿠쿠!

저승이 미약하게 떨린다.

야마는 그 너머에 있는 법칙으로 자신의 권능을 밀어 넣
어 접촉하고, 제어를 시도했다.

물론 좋지 않은 몸으로 한 가지 권능만을 이용해 저승을
제어하는 건 쉽지 않은 일이었다.

하지만 이곳에는 그녀를 도와줄 아주 많은 '연료'들이
있었다.

저 아래.

여전히 갈 길을 잃고 방황하는 변성왕과 태산왕의 기운이 남아 소용돌이를 그리고 있지 않은가.

휘이이이이!

"놈들이 죽고 난 뒤에 생긴 힘. 네가 삼켜."

야마는 지호가 해 줬던 충고대로.

막대한 에너지를 연료 삼아 권능의 힘을 몇 배로 증폭시키면서 저승의 법칙을 온전히 제 손에 넣는 데 성공했다.

부르르.

야마는 자아와 세계가 맞물리면서 세계관(世界觀)이 수백 수천 배로 확장된 느낌에 몸을 떨었다. 덩달아 권능을 잃으면서 낮아졌던 신격도 최상위로 올라섰다.

한때 옥황상제와도 견줄 수 있을 정도로 전지전능한 힘이, 드디어 백여 년 만에 그녀의 손에 돌아온 것이다.

그리고 그런 그녀를 권속으로 둔 지호도 새로운 성장을 맞이하게 되겠지.

"후우우."

야마는 저승의 법칙에 의식이 휩쓸리지 않게 정신을 단단히 차린 뒤.

콰콰콰콰콰콰콰!

법칙에 의지를 투영하며 저승 전체를 움직이기 시작했다.

야마는 저승, 그 자체가 되었다.

좌우로 넓게 퍼진 극락과 위아래로 길게 내려오는 지옥 전부를 포함해 자신의 의지 아래에 두면서 변화를 시작한다.

여태껏 마신들이 손을 대면서 혼란스러웠던 세상. 야마가 옥황상제의 마수를 피해 달아나야만 했던 시대를 포함해 백여 년 동안 전란으로 피폐해졌던 세상이 아니던가.

더구나 통천교주의 손길이 남아 있어 그것을 모두 물리치기란 여간 어려운 것이 아니었다.

하지만 야마에게는 이전과 다른 힘이 하나 더 있었다.

빛.

모든 불가능한 것들을 가능(可能)한 것으로 만들고, 태초에 어둠과 혼돈이 뒤섞였던 세상에다 처음으로 질서를 가져다줬다던 힘.

지호의 신위를 빌어, 야마는 자신의 권능을 더해 저승을 바꾸고자 했다.

빛이란 매개체를 사용한다.

'먼저 하늘.'

야마는 하늘에다 손을 높이 뻗었다.

짙은 먹구름이 깔린 하늘. 그 사이로 한 줄기 광명이 새어 나온다.

먹구름은 통천교주의 그늘과 같다. 당연히·어떻게든 밀려나지 않으려고 버티는 게 당연했다.

하지만 야마는 공을 들여 먹구름 사이사이에 난 결을 따라, 먹구름의 겉에서부터 차곡차곡 안쪽으로 파고들려 했다.

새카만 화선지에 하얀 물감을 떨어뜨린 것처럼. 빛은 안쪽으로 조금씩 새어 들어오다가 서로 연결이 되어 거미줄처럼 하늘에 가득 맺혔다.

쩌걱! 쩌거걱!

뭔가가 부서지는 소리가 잔뜩 들린다.

바깥에서 망치로 껍질을 세게 내려치는 것 같다. 충격이 가해질 때마다 먹구름이 흔들리고, 우그러지면서 균열이 조금씩 새어 나오다가 다른 균열과 연결된다.

그러다 와장창, 뭔가가 깨졌다.

마치 알이 깨어진 것처럼.

천구를 덮던 검은 뚜껑은 삽시간에 산산조각이 나 우수수 아래로 떨어졌다. 먹구름의 잔재는 빛에 녹아 사르르 사라졌다.

붉은 하늘은 황금색 물결로 온통 뒤덮여 있었다.

여태껏 피처럼 새빨갛게 보이던 하늘은, 마치 가을철 단풍잎처럼 아름답게 반짝이고 있었다.

그러다 황금색 물결과 뒤섞이면서,

쏴아아아아!

처음으로 푸른색으로 변했다.

언제나 죽음으로만 가득했던 이 세상에 처음으로 생기(生氣)를 불어넣는다.

빛이 내려앉은 자리는 모든 것이 달라졌다.

무너진 대지는 천천히 융기하면서 평평해졌다.

민둥산은 수풀이 덮이면서 녹색으로 빛났다.

메말랐던 강물이 다시 올라와 연결되었다.

혼탁했던 삼도천이 다시 맑아졌다.

수많은 망자들의 넋과 한이 어렸던 곳이 싹 씻겨 사라지고, 마신과 명부시왕들을 피해 숨었던 사람들이 하나둘씩 모습을 드러냈다.

"이건……!"

"빛이야."

"푸, 푸른 하늘이 나타나다니."

"따뜻해…….

"세상이 달라지고 있다……?"

"염라왕이다! 염라왕께서 드디어 돌아오신 게야! 우리들을 굽어살피기 시작하신 거라고!"

망자들은 하나같이 바깥세상으로 나와 만세를 외쳐 댔다. 눈물을 흘리고, 감격에 찬 얼굴이 된다.

소호 금천과 지장 일행도 마찬가지.

뭔가 심각한 논의를 나누고 있던 그들은 갑자기 세상이 변하자, 객잔을 뛰쳐나와 하늘을 보았다가 하나같이 감탄을 터뜨렸다.

"허! 우리 주인께서 큰일을 하셨구먼. 역시 보면 볼수록 대단한 아이야."

소호 금천은 흐뭇하게 웃었다.

지장은 놀란 얼굴로 물었다.

"하면 이것이 제천대성, 아니, 천마가 한 것이란 말씀이십니까?"

"보아하니 염라가 손을 쓴 것 같네만. 어찌 되었건 간에 지호가 나선 것은 틀림없어."

"허어……!"

지장은 믿기지 않는다는 듯 고개를 저었다.

천마가 이승에서 큰 활약을 펼치며 옥황상제의 콧대를 누르고, 부처들을 모조리 봉신했다는 말을 익히 듣긴 했지만 이 정도라고?

더구나 그 도도하기 짝이 없던 염라왕이 누군가의 권속이 되었다는 사실 역시 쉽사리 믿기지 않았다.

'마(魔)라더니? 어딜 봐서 마라는 거지?'

세상, 그 자체를 바꾸는 힘이라니.

삼라만상을 이루는 법칙, 진리를 '다루는 것'은 신이 된 자라면 누구나 할 수 있는 일이다.

하급 신뿐만 아니라, 어느 정도 경지에 이른 선인도 가능하다.

하지만 진리를 '바꾸는 것'은 웬만한 신들도 절대 불가능한 일이다.

그것은 법칙을 바꾸는 것이기에.

여와가 이 세상에 새겨놓은 기록, 삼라만상을 지웠다가 새로 써 내려가는 것과 같다. 당연히 그러한 권한은 쉽사리 쟁취할 수 있는 것이 아니다.

옥황상제나 석가여래도 겨우 가능할까?

아주 오랜 옛날. 상고 시대에서도 이른 시기에 해당하는 시절.

복희, 수인, 신농으로 이어지는 삼황에게나 주어졌던 힘이 지호에게 주어졌다.

사람들은 이러한 권한을 달리 이리 부르기도 한다.

창세(創世), 라고.

콰아아아아아아아—!

산뜻한 바람이 동심원을 그리며 저승 전체로 뻗쳐 나간
다. 얼어붙었던 대지를 녹이고, 용암이 들끓었던 산자락을
수풀로 덮는다.

물론 여와가 반고의 피륙으로 세상을 만들었던 때처럼
완전무결한 창세는 할 수 없을 것이나, 그 힘 중 일부를 부
릴 수 있는 것만으로도 모든 것은 달라진다.

"금천."

"왜 그러나?"

이예가 하늘을 가만히 쳐다보다 말고 소호 금천을 불렀
다.

소호 금천의 입가에 미소가 살짝 맺혔다.

"아무래도 우리도 도와야 하지 않겠소?"

"그렇겠지?"

"할 일이 많아 보이오."

"하긴. 혼자서 하기엔 손발이 조금 많이 달릴 테니까. 그
래도 주모가 되실 분이니 눈도장을 미리 찍어서 나쁠 건 없
겠지."

이예가 피식 웃으면서 땅을 박찼다.

"하면 먼저 가겠소."

화아악!

이예의 몸이 둥실 떠오른다 싶더니 갑자기 사라졌다.

아니, 사라진 건 아니었다.

그를 이루고 있던 성분들이 저승에 녹아 있었다. 마치 이
세상을 녹이려는 듯이 점차 팽창하더니 빛과 함께 곳곳에
뿌려진다.

"뭘 하려고……?"

지장이 놀란 얼굴로 쳐다보자, 소호 금천이 씩 웃었다.

"그러고 보니 자네, 저승을 되찾는 데 도와 달라고 온 것
이라 하였지?"

"그, 그렇소만."

"그럼 잘 보시게. 지금부터 하려는 것이니."

소호 금천은 알 수 없는 말을 던지고, 역시나 이예를 따
라 세상에 녹았다.

지장은 무슨 말인지 몰라 눈을 동그랗게 떴다.

하지만 곧 뜻을 알게 되었다.

"주군! 이건……!"

호위 무사, 도명이 지장을 돌아봤다.

"……아. 나도 느끼고 있어."

지장은 씁쓸하게 웃었다.

"아무래도 여기서 내가 할 수 있는 건 아무것도 없겠구
만그래."

느껴지는 감각, 세상 곳곳에 소호 금천이며 이예가 있었다.

그뿐만이 아니었다.

그 속에는 야마도 있었고, 다른 무언가도 있었다.

하나같이 대단한 가능성을 품고 있는 자들.

자신과 비교해도 절대 뒤지지 않을 존재들이 왜 이리도 많은 것인지.

지장은 '그들'이 전부 천마를 따르는 권속들이며, 한때 이 세상을 다스리던 여러 신들이라는 사실을 알았다.

이미, 저승은 천마 속에 녹아 있었다.

마치 여와가 세계수를 빌어 세상에 간섭하듯이, 천마는 자신의 의지로 저승에 창세를 실현하고 있었다. 이제 더 이상 이곳에 지장이 발붙일 장소는 없었다.

"많은 게 변하겠구나. 아주 많은 것이."

지장은 작게 읊조렸다.

"이, 이, 이게 뭔가……?"

오도전륜왕과 평등왕, 그리고 음왕과 마신들이 싸우다 말고 고개를 높이 든 것은 바로 그때였다.

적아를 가릴 것 없이, 모든 이들의 얼굴에 경악과 충격이 자리 잡았다.

수많은 시선이 그들에게 따라붙고 있었다.

어떻게든 시선에서 자신을 감추려 해도, 끝까지 따라붙고야 만다. 마치 찰거머리처럼. 자신들을 관찰하려 하고 있었다.

물론 그깟 시선쯤이야 무시하면 그만일 수 있었다.

하지만 시선 하나하나는 그들의 영혼 깊숙한 곳까지 살피며, 그 속에 담긴 수많은 세월이며 가능성, 그리고 그들의 존재 여부까지도 읽어 들였다.

마치 발가벗겨져 놓인 것 같기만 하다.

무엇보다 그들을 공황 상태로 몰아가는 것은 따로 있었다.

저 하늘.

아니, 그보다도 더 높은 위.

누군가가 자신들을 굽어보고 있었다.

아주 커다랗고, 넓으며, 위대한 누군가가.

그 시선을 느끼고 있노라면 현격한 격의 차이에 저절로 주눅이 들고 만다.

여태 자신들이야말로 진정한 신이라며, 곧 찾아올 새로운 세계의 주인이라 거들먹거리던 것이 전부 한심스럽게 느껴질 정도였다.

저런 것에 비하면 자신들은 그저 한낱 쓰레기에 지나지

않는 것인데. 작고 작은 개미에 불과할진대 그토록 나대고 있었던 걸까. 저 시선의 주인은 얼마나 자신들이 하찮게만 여겨졌을까.

문제는, 그러한 시선을 마신들이 아주 오래전에 느껴 본 적이 있었다는 점이었다.

"려……!"

려와 희. 수미산의 주인이 될 수 있었던 삼황의 후예들이 저렇지 않았던가!

그리고 그것을 눈치챘을 때, 그들의 존재는 점차 엷어지면서 서서히 사라지기 시작했다.

화아악!

가장 먼저 없어진 것은 오도전륜왕과 평등왕이었다. 녀석들은 마치 그 자리에 없었던 것처럼 아주 자연스럽게 녹아 저승을 재구성하는 연료로 변했다.

마신들은 어느새 목에 쇠사슬이 채워졌다. 그리고 허무 속으로 빨려 들어가 조용히 사라졌다.

그렇게 지호에 반대할 수 있을 모든 것들이 사라지고.

거대한 존재는 영역을 마구 확대해 나가면서 끝내 저승 전체를 집어삼켰다.

변하고, 변하고, 또 변한다.

극락은 이리저리 해체되었다가 조립되기를 반복하며 원

래대로의 모습으로 되돌아갔고, 지옥은 각 층마다 구분이 확실하게 생기며 역시나 제 기능을 되찾았다.

그렇게 저승은 변해 갔다.

원래의 모습대로.

조금씩. 아주 조금씩.

$$* \qquad * \qquad *$$

그리고 변화는 지호에게도 전해진다.

그것은 마치 한순간에 벌어진 것처럼. 불쑥 지호에게로 찾아와 격의 상승을 이뤘다.

'해냈구나. 야마.'

처음 의도했던 대로 야마가 저승의 법칙을 손에 넣는 데 성공한 것이다.

그리고 그것은 지호에게도 고스란히 전해졌다.

저승에 두루두루 빛이 퍼지는 게 느껴진다. 세상의 법칙이 돌아가는 게 느껴진다. 저승에 뻗은 세계수가 변화하는 것이 느껴진다.

지호, 그는 이제 저승, 그 자체였다.

그리고 자신의 세상에서 진다는 것은 있을 수 없는 일.

쏴아아.

황금색 빛무리가 지호를 감싼다. 콰드득. 콰드득. 안쪽에
서부터 무언가가 뒤틀리고, 으스러졌다가, 다시 재조립되
면서 새로운 존재로 탈바꿈하려 한다.

비마질다라는 그것을 눈치채고 재빨리 지호를 저지하려
몸을 날렸지만, 너무나 간단하게 지호의 손에 주먹이 가로
막혔다가 그대로 으스러졌다.

콰드드드득!

"크으으으윽!"

비마질다라는 오른팔이 통째로 뜯겨 나가는 고통에 비명
을 질렀다.

단순한 육체적 고통이라면 재생만 하면 그만이었으나,
지호에게서 새어 나온 빛이 그의 영혼을 마구잡이로 찔러
대고 있었다.

"영감, 이제 끝내자."

"무슨…… 컥!"

지호는 왼손을 뻗어 놈의 멱살을 틀어쥐고 그대로 수직
으로 떨어졌다.

콰아아아아아아아앙!

바닥이 그대로 으스러지면서 충격파가 꿈 속 세상 전체
를 뒤흔들더니, 곧 와장창 하는 소리와 함께 꿈 전체가 잘
게 부서졌다.

그들의 머리 위로 푸른 하늘이 드러났다.

그리고,

콰드득!

"크아아아아아아아악!"

지호는 발버둥치는 비마질다라를 더욱 세게 짓누르면서, 녀석 너머로 공간을 열었다.

그곳에 통천교주가 마해로 떨어지고 있었다.

"닿아라."

지호의 명령에 따라, 허무가 열리면서 수십 개의 쇠사슬이 녀석의 뒤를 쫓았다.

촤르르르륵!

길디긴 통로를 따라 마치 뱀처럼 따라붙는다.

통천교주는 저승을 통과해 이제 막 마해에 닿으려는 찰나, 머리맡까지 쫓아온 쇠사슬을 보고 두 눈을 크게 떴다.

―제길!

그녀의 눈가에 초조함이 어렸다.

날개를 크게 펄럭이면서 속도를 한껏 더해 보려 하지만 쉽게 되지 않는다.

―막혀라!

신의 목소리를 빌어 어둠의 장막을 아홉 겹이나 세워 막아 보려 했지만,

콰아아아아아앙!

쇠사슬은 그마저도 너무 쉽게 박살 내면서 짓쳐 들어갔다.

노리는 곳은 목과 날갯죽지, 그리고 사지.

이번에는 절대 놓치지 않겠다는 듯 채찍처럼 날아들었다.

그러나 쇠사슬이 그녀의 목에 감기려는 찰나, 도중에 움직임이 멈췄다. 쇠사슬은 어떻게든 통천교주에 닿으려 끝을 빳빳하게 세웠지만 아슬아슬하게 닿지 않았다.

"피…… 해라!"

비마질다라가 어느새 지호의 손길을 뿌리치고 쇠사슬을 도중에 가로막아 내고 있었다. 왼팔을 통째로 사슬에 묶이게 해 간신히 막아 내고 있다. 쇠사슬이 놓으라며 발버둥을 쳐 댔다.

입가를 따라 짙은 핏물이 흘러나오는 모습이 금방이라도 쓰러질 것처럼 위태로웠다.

─비마질다라……?

"어서!"

통천교주는 걱정이 담긴 눈이 되었다.

하지만 비마질다라의 처절한 외침에 결국 돌아서야만 했다.

―미안하다.

쐐애애애애액!

다시 날개를 펼치며 아래로 하강한다.

"어딜!"

지호가 다시 왼손을 뻗어 쇠사슬을 더 뽑아내며 뒤쫓지만, 비마질다라가 정면에서 부딪쳤다.

"저 아이의 앞을, 막지 마라!"

콰아아아아아아앙!

비마질다라는 우악스럽게 쇠사슬을 모조리 헤집어 놓았다. 부서진 쇠사슬 파편이 사방으로 튀었다.

녀석은 어떻게든 통천교주를 지키겠다는 듯, 두 눈에 불을 켰다.

「절대! 절대 저 아이의 소망을 허투루 사라지게 하지는 않으리라! 저 아이의 마지막만큼은 지켜 주고 말 것이다. 내가 죽더라도, 반드시!」

얼마나 의지가 대단했던지, 사념이 고스란히 지호에게 전해질 정도였다.

고오오오오오!

어마어마한 마기의 폭풍이 불어 닥치면서 꿈의 통로를

어떻게든 막아선다.

"아무도…… 가…… 지 못한다……!"

비마질다라는 송곳니를 훤히 드러내면서 으르렁거렸다.

마치 최후의 힘을 다해 끝까지 무리를 지키려는 맹수의
모습을 닮아 있었다.

오히려 마지막을 각오했기에 독이 바짝 올라 있는 모습.
아니, 이건 도리어 마지막 불길을 피우려 높이 치솟는 촛불
같다고 해야 할까.

회광반조.

실제로 놈은 영혼을 불사르고 있었다.

이미 한창 격의 상승을 이루고 있는 지호를 더 이상 상대
하기는 힘들리라 판단하고, 마지막 남은 힘까지 쥐어짜려
한다.

아수라왕 중의 왕이기도 한 비마질다라의 영혼은 최상위
신격에 해당하는 바.

그만한 영혼이 소멸을 각오하고 아낌없이 에너지를 방출
한다면 능히 한 세상을 무너뜨릴 정도로 대단하다.

이대로는 안 되겠어.

지호는 쇠사슬로 놈을 막기란 요원하다 싶어 허무 속으
로 거두고, 주먹을 세게 움켜쥐었다.

그리고 말없이 몸을 날렸다.

이제부터는 속전속결.

통천교주의 정확한 꿍꿍이는 알 수 없으나, 사흉을 통해 마해에서 어떤 계획을 거의 마무리 지은 것만은 확실했다.

그렇다면 사흉을 만나기 전에 잡아야만 했다.

'대체 오공은 뭘 하고 있는 거야!'

잠시 그 생각이 미쳤지만,

콰아아아아아아앙!

곧 강렬한 충격이 그 생각을 송두리째 날렸다.

"크으윽⋯⋯!"

주먹과 주먹이 격돌한다. 수십 킬로미터에 달하는 파문이 그려지면서 인근 대지가 단숨에 초토화된다.

비마질다라의 왼팔은 근육과 뼈를 가릴 것 없이 그대로 곤죽이 되어 날아가고, 지호는 바짝 간격을 좁히면서 어깨를 세워 놈의 명치를 때렸다.

우드드득!

갈비뼈가 그대로 뭉개진다. 척추가 부러지고, 명치가 뻥 뚫려 반대편으로 바람구멍이 생겼다.

하지만 비마질다라는 그 정도의 고통 따윈 아무렇지도 않다는 듯, 두 눈에 핏대를 잔뜩 세우면서 도리어 입을 쩍 벌려 지호의 목 뒷덜미를 콰직 깨물었다.

지호는 오른팔로 놈을 밀어내면서 왼손을 잠시 모았다가

활짝 펼쳤다.

뇌벽세!

콰지지지지지직!

샛노란 뇌전이 폭발하면서 비마질다라를 튕겨 내려 한다.

하지만 뇌전은 비마질다라가 영혼을 태우면서 흘린 마기를 뚫지 못하고 옆으로 밀려나고, 그새 비마질다라는 원래의 모습으로 돌아와 포효했다.

"크아아아아아아앙!"

예부터 아수라는 싸움을 위해 살았다고 전해지는 종족.

당연히 이 정도로 지치지 않는다.

아니. 오히려 상대가 강하면 강할수록 더욱더 호승심을 불태운다!

콰르르르르르르르르!

지호는 몇 번이고 비마질다라를 찍어 눌렀다.

마기 폭풍을 부수고, 찢고, 가른다.

쾅! 쾅! 콰아아아앙!

하지만 그때마다 비마질다라는 몇 번이고 악착같이 달라붙었다.

「저 아이에게 소망을! 정위에게 마지막 꿈을……!」

그럴 때마다 비마질다라는 강렬한 사념을 풍겨 댔다.

팔이 부서지고 다리가 으스러져도. 몸뚱이에 몇 번이고 구멍이 뚫리며 머리통이 반쯤 으깨져 전신이 피로 적셔져도.

몇 번이고 다시 몸을 재생시키면서. 영혼을 사르고 또 살라 이성이 좀먹히면서도.

마지막까지 그 한 생각만큼은 놓지 않았다.

「저 소원만큼은. 어떻게든!」

그럴수록 지호의 가슴 한편도 살짝 아렸다.

징. 징. 징.

아마도 심연, 저 안쪽에 박힌 려의 잔재가 공명하는 것이리라.

비마질다라에게는 통천교주가 딸과 같은 것이었을까?

둘 사이의 정확한 사연은 모른다.

다만, 절대 누구 밑에 있을 존재가 아닌 비마질다라가 언제나 통천교주의 옆을 지키고 있고, 통천교주가 유일하게 그에게만큼은 감정 표현을 한다는 것만 알 뿐.

하지만,

'그래서, 뭐?'

지호는 눈살을 더더욱 찌푸렸다.

'어쩌라고?'

자기들끼리 어떤 감정을 연대하고 있다 한들, 놈들이 벌인 짓거리들이 용서되는 것은 아니다.

아니, 도리어 자기들 욕심에 이토록 많은 사람들이 다치고 죽고 울지 않았던가.

그렇다면 뿌리는 대로 거두는 것밖에 되지 않는다.

그런데도 이렇게 피해자인 척하다니.

구역질이 나왔다.

콰드드드드드득!

지호는 황금색 빛무리로 감긴 오른쪽 손날을 세게 그었다.

비마질다라의 왼쪽 어깨가 통째로 튀어 오른다. 놈은 다시 재생을 시도했지만 이상하게 피만 날렸다. 더 이상 마기가 새어 나오지 않았다. 이제 소비할 마력이 다하고 만 것이다.

퍼퍼퍼퍼펑!

그리고 삽시간에 몸뚱이가 이리저리 폭발하면서 끝내 너덜너덜해진 상반신만 남게 되었다.

"갈…… 수 없……!"

비마질다라는 하나 남은 눈을 번들거리며 중얼댔다. 팔뚝 아래가 날아간 팔을 휘저으면서 발버둥 친다. 이미 신사 같았던 모습은 찾아볼 수 없었다.

아수라왕의 왕이라 하기엔 너무나 처참한 몰골. 이미 존재도 너무 옅어져 금방이라도 꺼질 것 같았다.

지호는 그런 놈의 목을 완전히 돌려 버렸다. 마지막까지 일렁이던 존재가 확 사라진다.

이미 위쪽도 신공표가 싸움을 끝낸 상황. 거라건타와 바치는 쇠사슬에 사지가 묶인 채 허무 너머로 삼켜지고 있었다.

이로써 마신들에 대한 모든 봉신이 끝난 것이다.

「주군. 뒷마무리는 제가 알아서 할 것이니, 주군은 어서 정위를.」

지호는 고개를 끄덕이며 공간을 열어 몸을 던졌다.

저 아래.

수없이 많은 수풀로 우거진 마해가 보였다.

＊　　　＊　　　＊

마해.

저승보다도 더 밑바닥, 지옥보다도 더 아래에 위치한, 이 세상 전체를 지탱하는 바다.

이곳에는 수백 미터도 넘는 거대한 나무들이 수두룩 빽빽하게 들어서 있다. 덕분에 숲 아래쪽은 빛 한 점 들어오지 않아 그 모습이 마치 어둠으로 물든 심해와 같았다. 그래서 마 '해' 란 이름이 붙었다.

하지만 '마(魔)' 란 단어가 붙은 것은 전혀 다른 이유 때문이었다.

크르르르.

쿵! 쿵!

나지막하지만 대기가 웅웅 떨릴 정도로 커다란 가래 끓는 소리.

대지가 부서지는 게 아닐까 싶을 정도로 격렬한 진동과 함께 나무가 와르르 쓰러진다. 어둠을 가르면서 거대한 눈동자가 어스름하게 빛났다.

족히 수십 미터는 될 법한 크기의 마물.

풍기는 기세도 이미 하급 신위를 넘어설 정도로 대단하다.

마해에는 이러한 마물들이 아주 많았다.

태곳적. 반고가 죽어 여와가 그 시체로 세상을 창조할 당시에 남았던 잔재들.

반고의 피륙과 골수가 모두 창세의 재료로 쓰였던 것은 아니다. 양이 부족하거나, 쓸모가 없거나 하는 부위는 버려졌다가 수미산의 융기와 함께 밑바닥에 가라앉았다. 하지만 이러한 재료들은 오랜 세월 동안 마성을 띠며 마물로 자라났으니.

영혼은 없을지언정 죽음도 삶도 없기 때문에 녀석들은 오로지 본능으로만 살아간다. 그리고 그만큼 오랫동안 살았기에 신들조차 위험하게 느껴질 정도로 강하다.

지금도 마찬가지.

다른 상위 포식자에게 자신의 구역을 뺏긴 뒤, 천지 사방을 돌아다녀야 했던 녀석은 간만에 먹이 냄새가 나자 군침을 흘리며 어슬렁거렸다.

분명 이 근처였을 텐데?

하지만 마물의 생각은 오래가지 못했다.

갑자기 아래쪽에서 스걱, 하고 궤적이 하나 그어지더니 머리통이 그대로 목과 분리되어 땅에 떨어졌다.

쿠우웅!

마물의 머리통 위로, 누군가가 착지했다.

도올 곤.

그가 난감하다는 듯 검지로 볼을 긁적였다.

"교주가 이렇게 약한 모습을 보이는 건 처음인 것 같은데."

도올이 내려다보는 아래.

통천교주가 지친 기색으로 숨을 몰아쉬었다.

하아. 하아.

그녀는 단내를 삼키며 물었다.

―준비는……?

"조금 전에 무덤이 또 추가로 발견되었다네. 태양로를 만들기엔 충분할 듯싶으이."

사흉이 마신들과 떨어져 마해로 먼저 갔던 이유.

바로 려의 조각들을 모아 태양로를 만들기 위해서였다.

대대로 삼황가만이 다룰 수 있다는 태양로. 그것이 있어야만 반고를 묶고 있는 쇠사슬을 끊어 낼 수 있었다. 그리고 염제 신농의 딸인 통천교주는 태양로를 다룰 수 있는 자격이 있었다.

―가자.

"하지만 제천대성이 기회를 노리고 있을 터인데? 방금 전에도 궁기와 부딪쳤었다네."

―…….

통천교주가 잠시 걸음을 멈칫거렸다.

사흉의 작업이 더뎌졌던 것은 모두 손오공 때문이 아니던가. 녀석이 있다면 모든 계획이 헝클어질 수 있었다.

하지만,

―시간이 촉박하다. 어서.

그녀에게는 더 이상 선택지가 남아 있지 않았다.

지금 이 시간에도 천마는 그녀를 쫓아오려 할 터. 저승을 통째로 삼켜 버린 녀석의 힘은 이제 그녀도 종잡기 힘들 정도였다. 비마질다라가 벌어 준 시간을 헛되이 해서는 아니 되었다.

결국 도올은 어쩔 수 없다는 듯 한숨을 내쉬다가 몸을 반대로 돌려 어디론가 이동했다.

그 뒤를 따르는 통천교주의 눈이 깊게 가라앉았다.

'아저씨를 위해서라도, 어떻게든……!'

그녀의 머릿속으로 비마질다라의 모습이 언뜻 나타났다가 사라졌다.

*　　*　　*

통천교주가 처음 반란을 일으키겠노라 깃발을 들었을 때.

우(禹)에 의해 봉인되었다가, 간만에 신진철에서 깨어난 마신들은 그녀가 쓸데없는 짓을 한다며 오히려 무시를 했다.

려와 함께 수미산을 누비던 그들에게 있어서, 통천교주의 존재란 그저 려를 따라다니던 한낱 아이에 불과했으며, 또한 자신들을 등지고 희에게로 돌아선 배신자에 지나지 않았다.

"정위. 네가 뭘 바라고 있건 간에 우리가 널 따를 일은 없을 거다. 우리에게 있어 왕은 딱 한 사람, 려뿐."

통천교주는 마신들을 붙잡고 몇 번이고 설명했다.

"내가 그때 희에게 고개를 숙였던 이유가 무엇이 겠는가! 당연히 기회를 엿보기 위해서였지! 그리고 지금이 바로 그 기회란 말이다! 희가 사라지고, 준이 일어나 옥황상제가 되는 지금! 바로 이때라고!"

하지만 마신들은 통천교주의 말을 귀담아듣지 않았다.
그러던 그때 가만히 상황을 지켜보던 누군가가 말없이 그녀의 옆에 섰다. 비마질다라였다.

"무슨 생각이야, 영감?"
"한 번쯤 맡겨 봐도 괜찮지 않겠나."
"무슨……"
"어찌 되었건 간에 계속 잠들어 있던 우리를 깨워 준 아이가 아닌가. 그리고 려도 이 아이를 아꼈었지. 기회를 줘도 나쁘지 않을 것 같은데."

"시간 낭비야."

"낭비라도 괜찮네만. 아니면? 그럼 누가 우리를
이끌지? 천계와 싸우긴 싸워야 할 텐데? 공공, 자네
가 할 텐가? 사실 나도 자네 밑에서 고개를 숙이긴
싫은데 말일세."

"영감, 너무 나대는데?"

"누가 할 소리를."

짧은 분란 끝에, 결국 마신들은 통천교주를 따르겠노라
고 선언했다.

사흉이 있었다지만, 네 명이서 공동 집권을 맡기엔 운용
이 너무 비효율적이었다. 더구나 천계의 사정을 잘 아는 통
천교주가 앞장선다면 여로 모로 도움이 될 것이란 게 마신
들의 최종 판단이었다.

그리고 당연히 이런 결정을 내리게 된 데에는 비마질다
라의 도움이 가장 컸다.

"그대에 대한 기대가 아주 크다네."

비마질다라의 웃음은 너무나 부드러웠다.

그리고 그 뒤로 언제나.

비마질다라는 그녀의 곁에 있었다.

*　　*　　*

언젠가 그에게 물은 적이 있었다.

　"날, 왜 이렇게까지 도와주는 거지?"

통천교주는 자신이 독선적이며, 실패가 많아 군주로서의
역량이 떨어진다는 것을 잘 알고 있었다.
그런데도 절교를 이만큼이나 이끌 수 있었던 것은 모두
비마질다라의 덕분이었다.
언제나 옆에서 참언을 해 주고, 위험에 빠지면 그녀를 가
장 먼저 구해 준다. 다른 마신들이 불만이 생기면 중재를
해 주기도 하며, 때때로 사흉의 견제책이 되어 줬다.

　"허허허허허. 왜? 이 나이에 주책맞게 자네를 어
　떻게 하려 한다고 생각하나?"
　"……."
　"알았네. 알았어. 왜 그리도 미간을 찌푸리나. 예
　쁜 이마에 주름만 늘겠어."

비마질다라는 피식 웃더니 말했다. 입가에 씁쓸함이 감돌았다.

"딸 같아서 그랬다네."
"딸?"
"그래."
"자식이 있다는 말은 못 들었는데?"
"있 '었' 지. 아주 오래전에."

그 뒤에야 알게 되었다.

비마질다라가 마신으로 떨어지기 직전. 부처 일파와 전쟁을 벌일 때, 제석천과의 싸움 중에 딸을 잃어버리게 되었다는 것을.

그 뒤로 통천교주도 닫았던 마음을 조금은 열게 되었다. 그리고 어느덧 비마질다라는 그녀에게 있어 아버지와 같은 존재였다.

그렇기에 쉽사리 포기할 수 없었다.

그가 죽음으로 만들어 준 이 기회를.

'모든 걸. 모든 걸 되돌린다면……!'

이 세상 전체를 악몽으로 뒤덮을 수 있다면.

모든 걸 꿈으로 되돌릴 수 있다면.

그때는 비마질다라도 되살릴 수 있다!

—아직, 멀었는가?

계속되는 통천교주의 재촉.

도올은 바쁘게 움직이다 말고 갑자기 행동을 뚝 멈추며 그녀를 돌아봤다.

—왜 그러지?

한시가 촉박한 이때. 통천교주는 도올의 생각을 알 수 없어 미간을 찌푸렸다.

"아무것도 아니라네."

도올은 피식 웃더니 손을 활짝 펼쳤다.

"문은 여기일세."

순간, 손바닥이 빛을 뿌리자 바닥이 열렸다.

그그긍!

뭔가 돌아가는 소리와 함께 지하로 통하는 계단이 열렸다.

통천교주는 재빨리 안쪽으로 발길을 들이려다 순간 멈칫거렸다. 숨이 턱 하고 막혔다.

고오오오오오!

"이런. 벌써 시작했나 보군."

도올은 고개를 높이 들었다.

수많은 나뭇가지로 뒤덮여 어둠밖에 보이지 않지만, 도올의 예민한 감각은 그 너머에 있는 것을 명료하게 읽어 내고 있었다.

쿠우웅! 쿠우웅! 쿠우웅!

마해가 무너져라, 누군가가 싸우고 있었다.

하나는 사흉 중 최강이라는 궁기.

그리고 또 하나는,

―제천대성이, 이렇게 강했었던가?

바로 손오공이었다.

분명 통천교주의 기억 속에 손오공이 강하긴 했다. 한때홀로 마신들을 모두 봉인했을 정도였으니까. 최근 이승에서의 힘이 약했다지만, 그건 어디까지나 수명이 거의 다했기 때문이었다.

그런데 이건 그 정도도 넘어섰다.

마치,

'려⋯⋯?'

자신들의 왕을 보는 것 같지 않은가!

"그동안 마해에 있는 여러 파편을 수습한 게 우리만은아니었으니까."

도올이 쓰게 웃었다.

"아마 그 힘을 사용하는 법을 알아낸 것이겠지. 궁기 역

시 파편의 힘을 개방한 듯싶고. 거기에 권능까지 더한 모양
인데……."

─그런가?

하긴 손오공 그 자체가 려의 파편이니 아마 다른 파편의
힘까지 다루는 건 어느 정도 쉬웠을 테지. 더구나 지호와
영혼을 공유하는 사이라는 걸 감안한다면, 격의 상승도 같
이 이뤄지고 있는 중일 것이다.

결국 통천교주의 마음만 더 조급해졌다. 격의 상승이 마
무리되는 데는 시간이 조금 소요된다. 만약 그것이 끝마쳐
진다면 정말 모든 게 힘들어질 터.

어떻게든 그 안에 처리를 해야만 했다.

통천교주는 궁기와 손오공의 충돌을 지나쳐 도올과 함께
무덤 중앙까지 단숨에 내려갔다.

"급하다며. 빨리 와라."

이미 도착해 있던 혼돈과 도철이 으르렁거린다.

두 사람의 발치에는 한 남자가 피투성이가 된 채로 숨을
거칠게 몰아쉬고 있었다. 존재도 금방이라도 꺼질 듯이 위
태롭기만 했다.

"하아…… 하아……! 대체 왜……!"

─비렴.

신공표와 함께 삼마백 중 하나, 풍백이라 불리던 자.

이자도 역시 묘지기로 있었나?

비렴은 도무지 믿을 수 없다는 눈으로 한때 동료였던 혼돈과 도철, 그리고 아꼈던 조카나 다름없는 통천교주를 바라봤다.

"대체…… 왜!"

─모든 게 끝나고 나면 알게 될 것이다. 이게 최선이었단 것을.

통천교주는 비렴을 무시하고 손을 뻗었다.

중앙에서 떠 있던 려의 파편이 고스란히 그녀에게로 빨려 들어와 손아귀에 잡힌다. 혼돈과 도철도 즉시 손을 열어 자신들이 모았던 파편들을 넘겨주었다.

찰칵, 찰칵!

파편들이 한데 맞물려 돌아가면서 반쪽짜리 구슬이 되었다.

구슬이라 하기엔 턱없이 부족해 보이는 양.

하지만 이걸로도 충분했다.

─타올라라.

통천교주가 힘을 불어넣자 반쪽 구슬이 다른 어느 때보다 찬란하게 빛을 발하면서 불꽃을 피웠다.

화르륵!

아주 작지만, 화려한 불꽃.

태초에 어둠만이 가득했다던 세상에 처음으로 질서를 가져다주었다던 빛, 태양의 불길이었다!

─쉽진…… 않…… 군.

통천교주는 태양로가 잡아먹는 어마어마한 양의 에너지에 미간을 좁혔다. 이대로 뒀다가는 자신의 영혼까지 송두리째 연료로 태워 버릴 것 같았다.

아마도 그녀가 삼황가의 핏줄이기는 하나, 그들의 기술을 완벽하게 잇지는 못했기 때문이리라. 더구나 려의 파편이 전부 모인 것이 아닌 데다, 태양로의 기술은 염제 신농이 려에게 물려주면서 단절되었으니 여러모로 에너지 전환이 비효율적일 수밖에 없었다.

하지만 통천교주는 그걸로도 기뻤다.

오른손으로 태양로를 강하게 움켜쥐면서 왼손을 뻗어 새로운 공간을 연다.

화아악!

무덤과 마해가 온데간데없이 사라지고, 이번에는 마해에서도 가장 깊숙한 장소가 드러났다.

통천교주와 도올, 혼돈, 도철은 거대한 산자락 앞에 놓여 있었다. 아니, '산자락'이라고 생각할 만큼 어마어마한 크기의 무언가 앞에 있었다.

여태 그들을 몇 번이고 잡아넣었던 신진철로 온통 뒤덮

악몽의 끝 305

여 있는 산자락!

쿠어어어어어어—!

얼마나 포효 소리가 대단한지 천지사방이 우르르 떨린
다. 신진철로 뒤덮여 있는 거대한 산자락은 어떻게든 빠져
나가려 이리저리 몸을 뒤틀었다.

쿠쿠쿠쿠쿠쿠쿠.

쉴 새 없이 격동이 일어나고, 그럴 때마다 산자락을 겨우
겨우 덮고 있던 쇠사슬이 툭, 툭, 하는 소리와 함께 하나둘
씩 끊어졌다.

통천교주 등이 산자락이라고 생각한 것은 거대한 '손'이
었다.

반고.

이 세상을 만드는 재료가 되어 이제는 쭉정이만 남아 마
해의 깊숙한 곳에 처박히고 만 존재.

하지만 '쭉정이'라 해도 그 크기만 따진다면 극락과 지
옥을 포함한 저승 전체를 뒤덮고도 남을 정도였다.

쿠어어어어어! 쿠어어어! 쿠어어어!

반고는 수십만 년이라는 기나긴 세월 동안 갇혀 지냈던
존재라고는 생각하기도 힘들 정도로 처절했다. 지금이라도
당장 뛰쳐나올 것처럼 꿈틀거렸다.

"으음."

"저건 몇 번이고 봐도 적응이 되질 않는군."

"이런 걸 삼키겠다는 건가, 교주?"

사흉마저도 도저히 뭐라고 하기 힘들 정도로 반고가 내뿜는 힘은 너무 컸다. 그냥 이렇게 있는 것만으로도 영혼이 짜부라질 것 같다는 생각밖엔 안 들었다.

여태껏 저런 걸 공략하려고 했다고?

터무니없는 소리!

그러나 통천교주는 한 치의 머뭇거림도 없이 태양로를 냉큼 제 입 속으로 밀어 넣어 삼키더니, 거대한 어둠으로 변하면서 반고를 뒤덮었다.

마치 그 모습이 잠들기 위해 까만 이불을 넓게 펼치는 것처럼 보였다.

스스로 태양로가 되어 쇠사슬을 끊고, 그대로 반고까지 잡아먹으면서 절대적인 존재로 변모하려는 것이다.

바로 그때,

촤르르르륵!

그들의 머리 위로 허무가 열리면서 수십 개의 쇠사슬이 내려왔다.

지호와 함께.

ㅡ막아라! 어떻게든!

통천교주가 발악하듯이 외친다.

도올과 혼돈, 도철은 있는 힘껏 대지를 박차 쇠사슬 쪽으로 몸을 날렸다.

그들은 이미 가장 싸우기 좋은 형태, 마물의 모습으로 되돌아간 상태였다.

도올은 잘 벼린 검처럼 날카로운 송곳니를 지닌 호랑이로.

혼돈은 지옥 불을 가죽처럼 두른 곰으로.

도철은 도깨비 문양이 새겨진 비늘을 가진 구렁이로.

그들은 이미 마해에서도 내로라하는 먹이사슬 최상위 포식자들과 비교해도 절대 뒤지지 않았다. 아니, 도리어 한동안 마해에서 머물며 숱한 마물을 죽이고 먹으면서 더 강해진 상태였다.

그들 앞으로 신공표가 떨어졌다.

아홉 갈래로 나뉜 채찍을 있는 힘껏 뿌리면서 잇달아 벼락을 토해 낸다.

그의 시선은 저 아래에서 금방이라도 꺼질 듯 위태롭게 있는 친구, 풍백 비렴에게 닿아 있어 원한이 다른 어느 때보다 높았다.

콰르르르르르르!

당연히 통천교주는 그렇게 사흉이 벌어 주는 시간을 헛되이 보내지 않았다.

하지만 그녀가 변한 어둠은 반고를 완전히 뒤덮기에 턱없이 부족했다.

통천교주의 힘이 달려서 그런 게 아니었다.

반고가 턱없이 너무 큰 까닭이었다. 이것이 과연 피와 살을 모두 내주고 쭉정이만 남은 게 맞나 싶을 정도로. 반고는 너무 커서 통천교주가 한꺼번에 집어삼키기가 힘이 들었다.

그렇기에 그녀는 자신이 삼킨 태양로의 힘을 빌리고자 했다.

삼황가를 수미산의 정점에 설 수 있게 했던 이것이라면. 효마가 수미산의 공포가 될 수 있었던 이것이라면 그녀의 힘을 몇 배로 증대시키는 데 충분할 터였다.

아니나 다를까.

어둠 속에 묻힌 태양로가 빛을 발할수록.

반고를 뒤덮는 범위도, 쇠사슬에 스며드는 어둠의 양도 계속 커졌다.

그것을 얻는 대가로 통천교주는 자신의 신위를 송두리째 제물로 바쳐야만 했다.

아니, 신위뿐만이 아니었다.

신이 되기 위한 조건들. 신격, 신화, 신성, 신령. 그 모든 걸 내놓았다.

―조금만······ 조금만 더······!

그 모든 것들이 보통 신에게는 더할 나위 없이 소중한 것들이었다.

그것만이 영원이라는 세월을 살아 감각과 이성이 무뎌진 그들이 한때 '살아 있었다'는 것을 증명하는 증거였으며, 한때 위대한 존재였다는 걸 증명하는 자긍심이었고, 또한, 그들이 세상을 다스릴 수 있는 자격이 있다는 걸 증명하는 권위였다.

하지만 통천교주는 그 모든 것들을 내버렸다. 그녀를 이루는 전부라고도 할 수 있는 것들을.

설사 그것이 허신으로 떨어지는 길이라 할지라도.

혹여 그녀가 겪은 모든 세월을 부정하는 것이라 할지라도.

그것은 통천교주에게 있어 '신의 자리'란 한 가지 의미밖에 주지 못하기 때문이었다.

소망을 이루기 위한 도구. 혹은 발판.

과거로 돌아가고 싶다는 소망.

이 모든 걸 악몽으로 치부해 버리고 싶다는 소망.

이러한 소망에 대한 염원이 너무나 간절했기에, 통천교주는 그 모든 걸 내던질 수 있었다.

그렇기에 통천교주는 또한 바랐다.

태양로가 자신과 함께하기를. 이 속에 어렴풋이 담겨 있을 려의 사념이, 잔재가, 자신을 따라 도와주기를 말이다.

끼이익. 끼기기기긱.

어둠이 먹물처럼 번지면서 반고를 거의 뒤덮듯이 할 때마다. 반고를 묶고 있던 쇠사슬은 서서히 새카맣게 색이 바래져 간다.

녀석을 묶고 있던 쇠사슬은 오랫동안 보수를 하지 않아 이미 낡을 대로 낡은 상태.

거기다 통천교주의 의념이 스며드니, 마치 시간을 빨리 감기 한 것처럼 부식의 속도가 빨라졌다.

더구나 반고 역시 이것이 기회라는 걸 깨달은 듯 발작이 더 심해졌다.

쿠어어! 쿠어어어어어어!

덜그럭, 덜그럭, 세상이 요동칠 때마다 쇠사슬이 금방이라도 깨질 것처럼 크게 출렁거렸다.

결국 쇠사슬과 쇠사슬을 잇는 고리가 팽팽해지더니,

팅! 티티티티팅!

곳곳에서 끊어지기 시작했다.

―조금만 더……!

통천교주는 반고의 칠공(七孔)을 따라 어둠을 밀어 넣으면서 녀석의 영혼까지 물들이는 걸 잊지 않았다. 태양로 속

려의 사념도 자신의 편을 들어 주는 것이란 확신이 들었다.

그렇게 이제 거의 모든 걸 이뤘다고 생각한 순간,

휘이이이이.

갑자기 어둠의 중심에서, 핵(核)이 되어 열렬하게 타오르던 태양로의 불길이 툭 꺼졌다.

마치 바람 앞에 놓인 등불처럼.

거짓말같이.

─무슨?

통천교주가 이유를 알 수 없어 아직 남아 있는 신위를 불어 넣었지만 태양로의 불길은 다시는 켜지지 않았다.

어둠 속에서.

통천교주는 분명 방금 전까지 자신의 곁에 딱 달라붙어 온기를 나눠 주던 려가 갑자기 떠나 버리고 마는, 이상한 환각을 보고 있었다.

그는 뒤도 돌아보지 않고 저 멀리 떠나고 있었다.

그녀는 그를 붙잡기 위해 환각 속으로 손을 뻗어 보았다.

하지만 려의 모습은 신기루처럼 사라졌다.

사라지기 직전.

슬퍼하는 그의 모습이 살짝 보이는 것 같았다.

—어째서……?

통천교주가 실의의 찬 목소리로 중얼거리는 그때,

콰아아아아아아아앙!

어마어마한 충격이 어둠을 강타했다.

샛노란 섬광.

지호였다.

*　　　*　　　*

"하아! 하아!"

지호는 새하얀 머리와 금색 눈, 그리고 상반신을 용의 비늘로 뒤덮은 모습을 한 채로. 통천교주를 어둠에서 찢어 자신의 발밑에 깔아뭉갠 채로 거칠게 숨을 몰아쉬었다. 단내가 입가를 따라 퍼졌다.

'위험했어.'

비마질다라 등을 처치하고 통천교주의 뒤를 쫓아 마해에 닿았을 때.

지호는 순간 정신이 아찔했다.

너무나 방대하게 퍼져 있는 투기며 살기. 그리고 생존 본능만 남은 수많은 사념과 들끓는 살의 등이 곳곳에 잔뜩 퍼져 있었다.

수만 년 동안. 세상이 만들어지고 윤회의 고리에서 배제된 채 오로지 본능에 묻혀 살아야만 했던 마물들의 감정들이 회오리를 치고 있었던 것이다.

감각을 활짝 열어 놓아 수많은 정보를 감당해야 했던 그로서는 순간 의식이 날아갈 뻔한 위험천만한 상황이었다.

더구나 자신은 아직도 격의 상승이 '진행' 중인 상태가 아니었던가!

뚜둑. 뚜두둑.

영혼이 재조립되는 소리는 여전히 끝나지 않고 계속 이어지고 있었다.

하지만 아이러니하게도 지호가 정신을 붙들어 맬 수 있었던 것은, 사념 속에 숨겨져 있는 한 가지 사념 덕분이었다.

「일어나라.」

아스라이 들리던 목소리.

「이곳이야말로 원래 네가 찾아야 했던 곳이었으니.」

그것은 마치 한 개의 목소리인 것 같기도 하고, 세 개의 목소리가 한데 겹쳐진 것 같기도 했다.

그러나 정체를 알 수 없어도, 지호는 덕분에 이성을 되찾아 마해의 가장 중심부에 위치한 반고와 녀석을 삼키려는 통천교주를 찾을 수 있었다.

과거 삼장의 사리를 통해 본 적도 있던 반고는, 실제로
눈으로 목격하게 되니 느낌이 또 달랐다.

저건 위험하다.

본능이 경종을 울려 댔다.

지호가 여태 본 존재들 중 가장 위압감이 컸던 우마왕조
차도 반고 앞에서는 달빛 앞에 놓인 반딧불에 지나지 않았
다.

그런 녀석을 삼키겠다고?

그것은 너무나 위험천만하기 짝이 없는 시도였다.

하지만 통천교주라면 충분히 가능한 일이기도 했기에,
재빨리 몸을 날렸다.

그 순간, 저 멀리 반가운 기척이 느껴지기도 했다. 손오
공이 바로 이곳 마해에 있었으니까. 그러나 반가운 해후는
나중에라도 할 수 있기에 금세 머릿속에서 지우고, 인력의
끈을 잡아당겨 통천교주를 강제로 현신시키고 발밑에 깔아
뭉갰다.

다행히 녀석의 시도는 불발로 끝난 모양이었다.

반고에게서 어둠을 잡아 찢는 것은 크게 어렵지 않았다.

그렇다고 해서 통천교주의 시도가 헛된 것도 아니었던
터라, 신진철은 상당히 많이 노후화되어 있었다. 조금만 충
격을 줘도 쉽게 끊어질 만큼.

쿠어어! 쿠어어어어!

그걸 아는지 반고의 요동은 더더욱 커졌다.

신진철이 빠른 속도로 끊어지는 중이었다.

터더더더더덩!

'빨리 끝내고 복구하자.'

다행히 복구에 쓰일 화로는 여기에 있었다.

통천교주의 영혼 속, 다 꺼져 버린 태양로.

—어…… 째서……?

통천교주는 죽어 가고 있었다.

불멸하는 신에게 죽음이란 허락되지 않는 것이나, 만약 존재가 사라지는 것이 죽음이라면 그녀가 지금 겪고 있는 것은 죽음과 다르지 않으리라.

태양로에 불을 지피기 위해 신위를 태웠던 터라, 이미 그녀를 규정하고 있던 틀은 사라지고 없었다. 때문에 그 속에 담겨 있던 내용물들이 밖으로 새어 나왔다.

스스스.

그리고 잊혔던 세월이 그녀를 찾았다.

흑단처럼 부드러웠던 머리는 퍼석퍼석해지고, 피부는 바람 빠진 풍선처럼 쭈그러든다. 근육은 조각이 나 꺼졌으며, 눈가는 흐리멍덩해진다. 날개에서는 깃털이 숭숭 빠져 볼품없게 되었다.

―어…… 째서……!

예전 같았으면. 아니, 불과 몇 분 전까지만 하더라도 지호에게 이렇게 붙잡혔더라면 놓으라며 발악을 해 댔을 것이다.

하지만 더 이상 통천교주는 저항하지 않았다.

그저 무력감만이 남아 똑같은 말만 되뇔 뿐이었다.

그녀에게는 오로지 한 가지 감정만이 남아 있었다.

원망.

그녀는 려가 자신을 버렸다고 생각하고 있었다.

―날…… 거부하는 거냐, 려……!

또르르.

눈가에 눈물이 그렁그렁 맺히다, 주름을 타고, 볼을 따라 흘러내리다 땅에 툭 떨어진다.

갑자기 이유 없이 꺼져 버린 태양로의 불길.

려의 뜻이 아니고서야 무엇이겠는가.

그것은 곧 반만 년에 긴 세월 동안 그녀가 추구했던 소망이 부정당한 것이나 다름없었다.

그에 대한 애정이 왜곡되어 있었어도, 그녀는 진심으로 그를 사랑하고 있었다.

―려…….

희뿌옇게 변한다. 존재가 엷어진다.

지호는 손날을 높이 들었다.

이것으로 그녀의 깊디깊은 방황을 끝내 버릴 참이었다.

그런 그때.

두근!

심장이 뜬금없이 거칠게 뛰더니,

쏴아아아아아!

불현듯 뭔가가 튀어나와 지호의 영혼을 단번에 뒤덮었다. 그를 따라 농밀한 검은 마기가 회오리친다.

익숙하지만, 거부감이 드는 기운.

효마기.

—너……?

뭔가 수상한 낌새를 눈치채고 통천교주의 눈동자가 흔들렸다.

지호는 이전에도 이와 비슷한 걸 느낀 적이 있었다.

천계에서 탁탑천왕과 싸우던 때. 그에게 일방적으로 몰려 죽을 뻔하였을 때, 무언가가 일어나 자신을 잠식하지 않았던가!

다만, 그때와 다른 점이라면 당시에는 의식을 완전히 잃었지만, 지금은 의식이 분리되고 있었다. 자신의 의식은 한 발자국 정도 멀어지고, 대신에 육신은 다른 의식이 차지했다.

려.

그가 지호의 입을 빌어 말했다.

"으이구. 하여간. 그때도 그렇고. 왜 이렇게 내 주변에는 사고를 치는 사람들이 많니. 넌 안 그러더니 그새 저놈들한테 물든 거야? 그럼 안 된다니까."

한숨을 내쉬면서 어쩔 수 없다는 듯 피식, 웃음기가 감돈다.

한없이 자상하고, 따뜻한 목소리.

"너……?"

신격을 박탈당했기에, 통천교주는 더 이상 신의 목소리로 말하지 못했다. 려를 보면서 억지로 쥐어짜며 육성으로 말을 내뱉는다. 눈가에 눈물이 차올랐다.

려는 따스한 손길로 통천교주의 머리를 쓰다듬었다.

"미안해. 그동안 혼자 내버려 둬서."

통천교주는 눈을 크게 뜨다가 배시시 웃었다. 어느덧 그녀가 자랑하던 흰 동공과 검은 자위의 마안(魔眼)은 완전히 풀려 평범하게 되돌아가 있었다.

깊은 호수처럼 맑은 눈.

정위로 되돌아간 그녀는 미안하다는 려의 말에 아니라며 고개를 천천히 젓다가,

화아아아.

불어오는 바람에 묻혀 사라졌다.

잔잔한 미소를 남기면서.

*   *   *

어쩌면 정말 통천교주가 간절히 바랐던 것은 세상을 되돌리고 싶다거나, 려를 갖고 싶다거나, 하는 아주 거창한 것이 아니었는지도 모른다.

한 번만 더 만나고 싶다.

딱 한 번만.

그를 만나, 이야기를 나누고 싶다.

아무것도 하지 못하고 그를 잃어야만 했던 그녀였기에.

그를 위해서 아무것도 해 주지 못했던 그녀였기에.

언제나 그의 미소만을 간절히 그리워했던 그녀였기에.

언제나 속으로 그러한 바람만을 간직한 채, 이 기나긴 세월 동안 기다렸는지 모른다.

그렇기에 통천교주는 처음 태양로의 불길이 꺼졌을 때에 려가 자신을 거부한다고 생각해 암담함을 느끼면서도, 이렇게 그가 나타나 미소를 지어 주며 수고했다는 한 마디 말을 던져 주자 그동안 가슴 한편에 쌓였던 앙금이며 노고가 봄 눈 녹듯이 사르르 사라지고 말았다.

그렇기에 통천교주는 더 이상 삶에 미련을 두지 않았다.

이것으로 충분하다.

그를 만날 수 있었기에.

허신이 되어 흩어지는 그녀를 따라 새카만 기운이 산산이 흩어진다.

려는 그녀가 있던 자리로 손을 뻗었다.

신위가 일부 개방되면서 그녀였던 잔재들을 차곡차곡 담아낸다. 비록 존재는 잃었을지언정, 그녀가 자신의 품에 남아 있길 바라는 마음에서였다.

「누이. 누이. 누이.」

저 안쪽에서. 과보는 통천교주를 한껏 끌어안으면서 눈물을 흘리고 있었다.

「려, 정말 자네인가……?」

「어떻게 이런 일이 일어날 수 있는 거지?」

「우리는, 우리는……!」

「뭐라 말 좀 해 보게!」

허신들 역시 다시는 보지 못하리라 생각했던 옛 친구를 만나게 되자 많이 혼란스러운 모습이었다.

"미안하네, 친구들. 나 역시 해후를 즐기고 싶네만."

려는 그걸 보며 담담하게 웃다가 몸을 일으켰다.

"아무래도 내겐 허락된 시간이 아주 짧은 것 같으이."

그는 허공에다 손을 가볍게 뿌렸다.

"타올라라."

신의 목소리를 빌리는 것이 아닌데도 불구하고 세상의 법칙이 그의 손을 따라 구현된다.

효마기가 휘몰아치더니 거대한 불꽃이 된다.

태양로.

빨갛게 타오르면서도 노랗고, 때로는 파랗기도 하고, 하얀색 빛을 뿌리기도 하는 불길은 려의 의지에 따라 반고를 속박하고 있던 쇠사슬로 스며들었다.

쿠어! 쿠어어어어어!

반고는 본능적으로 려가 아주 오래전에 자신을 괴롭히던 이라는 사실을 알고 발버둥을 치려했지만, 태양로의 불길은 아주 빨랐다.

신진철이 일제히 시뻘겋게 달아오른다.

금방이라도 녹아 버릴 것처럼 팽팽해지면서 아직도 곳곳에 남아 있던 어둠의 잔재를 모두 소각시키고, 모양마저 변화시킨다.

려는 활짝 폈던 손을 한껏 오므리면서 허공을 강제로 비틀었다.

콰드드드드득!

터터터터팅! 신진철이 일제히 한껏 조여지면서 부서졌던

부분이나 낡았던 부분들이 새로 연결된다. 더구나 반고 위로 곳곳에 허무가 열리면서 새로운 쇠사슬이 추가되어 반고를 둘둘 말았다.

반고의 발버둥이 거세지지만 강제로 짓누르는 힘이 더 커지면서 끝내 미동조차 사라진다.

단순히 손을 흔드는 것만으로 반고를 속박하는 힘이라니.

허신들이며 신공표와 비렴, 심지어 사흉마저 압도적인 힘에 홀리고 말았다.

쏴아아.

그러다 신진철에 맺혔던 불길이 모두 사그라졌다.

재탄생한 신진철은 더 이상 낡거나 녹이 슬지 않았다. 마치 새 것처럼 튼튼하고 억셌다. 도리어 몇 겹이 더 추가되어 더욱 굵직해졌다.

"후우. 하여간 쉽지가 않다니까."

려는 가볍게 혀를 차면서 주먹으로 허리를 두들겼다. 하지만 웃고 있는 얼굴은 장난기가 가득한 모습이었다.

그런 얼굴로 고개를 든다.

"그리고 이젠. 너희들 차롄가?"

순간, 지호를 보고 있던 도올과 혼돈, 도철은 일제히 긴장한 기색이 역력했다.

려의 파편으로 일을 꾸미려 했던 그들이었기에. 진짜 려의 등장은 그들로 하여금 긴장을 부를 수밖에 없었다.

더군다나 그들 주변으로 흐르는 효마기는 아무런 기세를 띠지 않아도 금방이라도 그들을 집어삼킬 것만 같았으니. 오래전에 자신들이 모셨던 왕이 주는 압박감은 너무나 컸다.

쿠쿠쿠쿠쿠.

효마기에 마해가 일제히 떨렸다.

"너희들이 무엇을 바랐건, 너희들이 뭘 꾸몄건 간에 아무래도 상관없는 일이나. 나의 기나긴 잠을 깨운 건 사실이니."

려는 그들을 보면서 말했다.

"끓어라."

그 순간, 마해가 일제히 려의 손아귀에 떨어졌다.

*   *   *

저승 곳곳에서 야마의 목소리가 울렸다.

　—시왕과 통천교주를 비롯한 마신들, 그리고 저
승을 혼란케 만든 주범들을 모두 소탕하였도다.
이제 모두들 숨었던 곳에서 나와 고개를 들라.

　처음 망자들은 시왕이나 마신들 중에 누군가가 그들을
꾀어내려 술책을 부리는 것이라 생각했다.
　하지만 거듭되는 야마의 간절한 부탁과 점차 변해 가는
저승의 모습을 보고, 그제야 많은 사람들이 진실을 깨닫고
거리로 나오기 시작했다.
　토굴에 숨어 있던 사람들. 방황하던 유민들. 윤회의 고리
로 가지 못해 눈물을 흘리던 이들.
　모두가 기뻐서 소리쳤다.
　"염라께서 돌아오셨다! 시왕과 마신들을 무찌르셨다!"
　"드디어! 드디어 해낸 거야!"
　야마는 그러한 모습들을 보면서 흐뭇하게 웃다가, 신하
들을 돌아봤다.
　"아직은 시작일 뿐이니라. 저들을 도왔던 부역자들, 저
들에게 끈을 대고 위세를 부렸던 자들까지 낱낱이 찾아 뿌
리를 뽑아야 할 것이다. 그리고 질서를 되찾는 것도 상당히

시일이 걸릴 것이니 모두 수고를 해 다오."

"명!"

"명!"

신하들은 야마의 명령에 따라 바쁘게 움직이면서 저승 곳곳으로 흩어졌다.

야마는 가만히 눈을 감았다가 다시 떴다. 그리고는 저승 곳곳에서 발생하는 모든 것들을 일일이 감시하고, 수하들 에게 지시를 내리면서 바쁘게 움직였다.

그러면서 한편으로는 웃었다.

하나만 있던 권능이 어느새 3개로 불어난 것이 느껴졌다.

'식욕과 질투, 인가?'

아마도 통천교주를 잡았다는 뜻이겠지.

나머지 4개는 사흉에게 있을 터이니, 이것도 곧 회수할 수 있을 것이다.

야마는 자신이 남자를 잘 골랐다는 사실에 기분이 저절 로 흐뭇해졌다.

'하지만……'

한편으로는 마음 한구석이 무거워진다.

'려.'

지호가 려의 파편 중 하나라는 사실에.

왜 여태 자신은 그걸 모르고 있었던 걸까?

다시 지호를 만나게 되면. 그때는 무슨 말을 해야 할까.

가슴이 살짝 무거워지는 동안, 야마는 이곳으로 누군가가 접근해 오는 것을 느꼈다. 자신과 함께 저승을 복구시키는 데 도움을 줬던 지호의 세 권속과 오랜 그녀의 동반자.

팟!

"아주 얼굴이 환하구만. 그렇게 좋나?"

"지장……."

야마와 지장은 가볍게 포옹했다.

오랫동안 옥황상제의 농간에 고생을 해야만 했던 그들이었기에 서로가 반가울 수밖에 없었다.

"이런. 우리도 있다는 건 좀 알아주면 고맙겠네만. 그리고 두 사람, 너무 가까이 붙어 있는 거 아닌가? 주군이 알게 되면 펄쩍 뛰겠어."

"뛰기만 뛰겠소? 아마 길길이 날뛸 테지."

"그렇지?"

어느새 친해진 소호 금천과 이예가 주거니 받거니 대화를 나눈다. 그 뒤를 따라 홍해아도 조심스레 나타났다.

야마는 많은 도움을 줬던 두 사람에게 감사하다며 인사했다. 그러다 살짝 머뭇거리는 태도로 소호 금천을 바라봤다.

소호 금천은 려와 가장 절친했던 벗.

당연히 자신과 려 사이에 있었던 일도 다른 누구보다 잘 알고 있을 터였다…….

이것 또한 얄궂은 운명의 장난일까.

아니면,

'인과율의 응보일까?'

야마는 살짝 어두워진 얼굴로 소호 금천을 바라봤다.

소호 금천은 그런 그녀의 마음을 알고 씁쓸하게 웃으면서 고개를 끄덕였다.

"오랜만일세. 염라."

*　　*　　*

의식이 분리된 지호가 몸의 제어권을 어떻게든 되찾으려 했을 때.

정신을 차려 보니 어느새 이상한 곳에 와 있었다.

푸른 평원. 온갖 꽃이 흔들리는 세계.

끼이이?

—우와! 지호다, 지호! 나 보러 온 거야?

그때 청룡이 불쑥 나타나 지호에게 와락 안겼다.

지호는 얼결에 청룡을 쓰다듬다가 뒤늦게 자신이 어디에

와 있는지 깨달았다.

"성아, 여긴……?"

―응응! 맞아! 내 집이야! 헤헤헤. 지호가 우리 집 찾아
오는 거 처음이다. 헤헤헤헤헤.

신위.

영혼 깊숙한 곳에 마련된 별도의 의식 세계였던 것이다.

모든 가능성을 품고 있는 곳.

그리고 이곳은 자신에게 깃든 여러 허신들도 살아가는
보금자리였다.

하지만 그들은 지호의 방문에도 모습을 드러내지 않았
다. 곳곳에 기척만 느껴질 뿐, 일부러 현신하지 않는 듯싶
었다.

아마도 한때 자신들의 친구였으며, 이제는 주군이기도
한 같으면서도 서로 다른 두 존재가 마음 편히 대화를 나눌
수 있도록 한 배려가 아니었을까.

"너와는, 이렇게 대화를 나눠 보고 싶었지."

그때 지호 앞으로 탁상이 의자 2개와 함께 불쑥 나타나
고, 그 위로 김이 모락모락 피어나는 찻잔이 놓였다.

이미 한쪽 자리에는 누군가가 착석해 있었다.

검은 머리에 금색 눈.

손오공과 똑같은 얼굴이지만 느낌이 전혀 다르고, 자신

과 비슷한 체격이지만 역시나 기품이 다른 사람.

손오공은 그를 가리켜 이렇게 말했다.

우리들의 근본이라고.

려가 남은 한 자리를 손으로 가리켰다.

"앉아. 내게 허락된 시간은 그리 많지 않아."

지호는 언젠가 있었어야 했던 일이란 사실에 의자를 빼고 착석했다.

"결국 이렇게 만나게 되었네요."

"말 편하게 해."

지호는 고개를 가로저었다.

"아직은."

"까탈스럽기는."

려가 피식 웃는다.

어딜 봐도 소탈한 모습.

지호는 그런 그가 조금 편하게 느껴졌다.

과연 상대가 그 악명 높은 효마가 맞나 싶을 정도로. 모든 법칙을 잡아먹고 영혼마저 녹이던 효마기의 주인일까 싶을 정도로.

"이렇게 만나게 될 줄 알고 있었습니까?"

"음?"

"그때 곧 만나게 될 거라고, 아직은 때가 아니라고 하지 않았습니까."

"아, 그거?"

려는 검지로 볼을 긁적였다.

"그때는 이렇게 마음 놓고 이야기 나눌 시간이 없었으니
까. 상황이 조금 복잡하기도 했고. 그래도 지금은 비교적
여유로우니까. 나도 할 말이 있고."

그러면서 말을 계속한다.

"그러니까 궁금한 게 있으면 물어봐. 하고 싶은 말이나,
궁금한 게 많았을 거 아니야. 지금 같은 기회 없으니까 빨
리 물어보라고. 나도 해 줄 말이 있으니까."

지호는 묻고 싶은 게 많았다.

삼황이 무엇인지.

당신의 업은 무엇인지.

려와 희의 정확한 정체는 무엇인지.

그러나 가장 먼저 알아야 할 것이 있었다.

아주 오래전부터 품었던 의문.

"당신은 수없이 갈라졌다고 들었습니다."

"그랬지."

마치 자신의 일이 아닌 것처럼 태연하다.

"도대체 몇 개로 갈라진 겁니까?"

"나도 몰라. 하지만 하나는 확실해. 거의 다 모였다는 것."

"그렇다면 나머지 대부분은 어디에 있습니까?"

려가 빙그레 웃는다.

"대충 눈치챘을 텐데?"

"하아. 역시."

지호는 한숨을 내쉬다, 차갑게 눈을 번뜩였다.

"천계로군요."

〈다음 권에 계속〉

ORIGINAL FANTASY STORY & ADVENTURE

태선 판타지 장편소설

신수의 주인

매력적인 세계관을 가진 작가 태선의
『여신 시리즈』 마지막을 장식할 또 하나의 유니크한 소설

과연 그녀는 '파혼검'을 만들어 내기에서 승리하고
그녀가 원하는 삶을 쟁취할 수 있을 것인가?

dream
books
드림북스

하라칸

쥬논 판타지 장편 소설

핏빛 판타지의 연금술사, 쥬논.
그가 펼치는 공포와 선혈의 환상 세계!

『흡혈왕 바하문트』, 『샤퍼로』를 잇는 그 세 번째 이야기.
검푸른 마해(魔海)의 세계에 그대를 초대합니다.

dream books
드림북스

화산전생

"이번에는 다를 거다.
너희 뜻대로는 되지 않아."

새로운 운명, 그리고 다시 움직이는 피의 수레바퀴.
지금 여기서 회귀 영웅의 전설이 펼쳐진다!

정준 작가의 신무협 장편소설
『화산전생』

dream
books
드림북스

龍中劍傳

용제검전

윤민호 신무협 장편소설

ORIENTAL FANTASY STORY & ADVENTURE

『악제자』, 『용맹마도』의 작가!
윤민호 신무협 장편소설

몰락한 작은 무문에서 맺어진 기이한 인연(因緣),
천하를 격동시킬 전설은 그렇게 시작되었다!

dream
books
드림북